Villa

Luis Gusmán

VILLA

Apresentação
Jorge Panesi

Cronologia política e notas
Ana Cecilia Olmos

Tradução
Magali de Lourdes Pedro

ILUMINURAS

Título original:
Villa

Capa:
Fê
sobre *Estudo sobre o corpo humano* (1987), óleo e pastel sobre tela
[197,5 x 147,5 cm], Francis Bacon. Marlborough International Fine Art.

Revisão da tradução:
Iluminuras

Revisão:
Maria Estela de Alcântara

Filmes de capa:
Fast Film - Editora e Fotolito

Composição e filmes de miolo:
Iluminuras

ISBN: 85-7321-162-8

Nosso site conta com o apoio cultural da via net.works

2001
EDITORA ILUMINURAS LTDA.
Rua Oscar Freire, 1233 - 01426-001 - São Paulo - SP - Brasil
Tel.: (0xx11)3068-9433 / Fax: (0xx11)3082-5317
E-mail: iluminur@iluminuras.com.br
Site: www.iluminuras.com.br

ÍNDICE

VILLA

para Margarita Gusmán

I

Naquela manhã, ele tinha entrado em seu gabinete pela porta privativa. Percebemos isso depois, quando, como nos velhos tempos, chamou-me pelo nome para pedir para que lhe levasse o jornal.

— Villa, *La Prensa.*

Era o único no escritório que, desde que eu tinha me formado em medicina, nem uma só vez tinha me chamado de doutor. Olhei o relógio e disse à sua secretária:

— Como nos velhos tempos, Firpo, o doutor Firpo, chegou cedo.

Demorei olhando para a Praça[1] pela janela. Havia uma manifestação, havia muitas ultimamente. Esta era pelos presos políticos. Uma sensação de medo percorreu meu corpo. A Praça tão escolar, com a Casa Rosada, a Pirâmide, o fogo eterno da Catedral, subitamente começava a se encher de gente, e se tornava desconhecida. Provavelmente teríamos que entrar em ação, e nunca gostei disso. Nessa manhã, eu era o único médico de plantão, não havia outro. Só eu e Firpo, o diretor. Fui checar o painel de instruções e verifiquei que o helicóptero e as ambulâncias estavam de plantão.

Firpo me chamou de novo. Entrei e comecei a ler as manchetes para ele. Parecia absorto. Nos últimos meses, só ficava sabendo o que estava acontecendo pelo mundo através de algum jornal. Fiz um sinal para que ele aproximasse-se da janela. Ele preferiu perguntar-me:

— O que está acontecendo, Villa?

— Está havendo uma manifestação. Pelas coisas que estão gritando, acho que vai ser violenta.

---

1) Referência à Plaza de Mayo, espaço público onde a sociedade argentina reúne-se, historicamente, para manifestações populares.

— E o que estão gritando?

— Estão pedindo a cabeça do ministro.

— Isso eu já escutei outras vezes. E o que mais?

— Nada. As ambulâncias e os helicópteros estão de plantão.

— E os aviões?

— Não prestei atenção. Para que serviriam os aviões?

— Nunca se sabe.

Já não olhava. Seu olhar tinha se perdido na paisagem da foto de família que estava sobre a mesa e em que ele aparecia com sua mulher e seus filhos: uma paisagem selvática que sempre me intrigou, até que fiquei sabendo que era um tabacal. Uma plantação de tabaco na fronteira com o Paraguai, a plantação de Nobleza Ricardo. "Onde fazem os 43", disse-me aquela vez, enquanto meus olhos se embrenhavam na selva interminável onde estava o mistério dos 43 com filtro. Os 43 foram a minha marca desde a juventude, e foi um 43 que eu acendi na entrada do necrotério na primeira vez nos meus estudos em que vi um cadáver.

Firpo fazia parte desse mundo. E, desde que sua mulher tinha morrido, parecia abandoná-lo lentamente. Uma mulher com um sobrenome francês, e com parentesco com os Piccardo, sustentava o mundo de Firpo, que parecia estar desmoronando desde que ela tinha deixado de fazer parte dele. Já não dormia bem e tomava mais uísque do que de costume. Tinha olheiras profundas no rosto. Mas hoje parecia ter recuperado o porte. Nunca perdia a elegância. Terno Príncipe de Gales, camisa azul celeste acinzentada, quase no mesmo tom do terno. Uma gravata levemente azul, leve a ponto de se notar o alfinete de gravata. Essa cabeça de cavalo reluzente que admirei por tantos anos. "Tenho o cavalo de ouro", costumava dizer enquanto acariciava o alfinete de gravata.

Desta vez, sua maneira de deter-se no alfinete foi quase automática, notava-se que tinha que fazer um esforço para falar. Perguntou-me o que estava acontecendo na Quinta e, para que eu percebesse que ele estava por dentro dos assuntos do Ministério, disse:

— Alguma notícia de Olivos[2]?

---

2) Referência à residência presidencial.

— Nenhuma. Tem um operador vinte e quatro horas no rádio.

— Como está Perón[3]?

— Alguns dizem que é questão de horas; outros, de dias.

— E você o que acha, Villa? Você é médico.

Era a primeira vez que me tratava de médico. Senti uma vertigem e comecei a ficar enjoado. Pensei que fosse cair. Respondi vagamente:

— Não sei, doutor. O diagnóstico é confuso. Eu não estava quando ele foi internado de urgência no Cetrángolo. O senhor sabe que eu estava tentando conseguir oxigênio. Era sábado e não tinha em lugar nenhum.

— É, eu sei como são essas coisas; havia uma equipe médica permanente ao lado e não tinham previsto os cilindros de oxigênio. Mas você, Villa, deveria descobrir alguma coisa além das notícias do rádio. Imagine se o ministro me telefona e me pergunta se há alguma novidade sobre o estado de Perón?

Seu olhar voltou a perder-se na plantação de tabaco. E eu comecei a caminhar com ele pela plantação. Nós dois queríamos nos perder, cada qual por motivos diferentes. Ele porque já fazia tempo que tinham deixado de consultá-lo; eu porque nunca tinham me consultado. Talvez eu também não quisesse que isso acontecesse, mas, quando ele brilhava, eu brilhava com ele. Como essa pequena cabeça de cavalo.

— Vou tentar falar com o chefe da segurança de Perón.

— Villa, me diga uma coisa: o que é que tem a ver o chefe da segurança com uma equipe médica?

— O senhor sabe, doutor, eles trabalharam conosco. Trabalham. Talvez se pedirmos como um favor, de maneira confidencial...

— Prefiro não ficar sabendo. Nunca fui peronista, mas as hierarquias existem. Ele é um presidente; eu sou um diretor. Você sabe que fui médico do xá da Pérsia e de Charles de Gaulle quando eles estiveram na Argentina. Ou pensa que esses diplomas por honra ao mérito que me concederam e que estão pendurados nestas paredes são enfeites? Meu mérito não começa com os diplomas que estão

---

3) General Juan Domingo Perón, representante do *Partido Justicialista*, presidente constitucional da Argentina em três períodos: 1946-1951, 1952-1955, 1973-1974.

diante dos seus olhos. Vem de antes. Desde o dia em que tomei a decisão de me casar com uma Piccardo, aparentada com os Larreta, gente de terras e de plantações de tabaco. Você sabe o que é casar com uma Piccardo, e o ajudante de campo do presidente e dois embaixadores, o da França e o do Paraguai, virem à festa? Eu devia ter na época um pouco mais de idade do que você tinha quando começou a trabalhar conosco. Toda a família da noiva estava na igreja: Nossa Senhora das Vitórias. Um nome auspicioso. Minhas pernas tremiam. Mas, sabe de uma coisa, Villa? Desde que jurei como médico, sentia uma força interior ignorada. Foi o que me deu coragem para caminhar até o altar.

Agora era eu quem olhava a foto e queria escapar pela plantação de tabaco. Não me atrevia a acender um cigarro em sua presença desde que ele tinha deixado de fumar. Olhei para o rosto da sua mulher. Anita, como ele a chamava. O olhar doce e seguro, a confiança que transmitiam suas mãos delicadas, um jeito de estar na terra como se estivesse na plantação dos seus pais. Vi as manchas avançando pelas mãos de Firpo. Vi como ele queria dissimulá-las com essas abotoaduras brilhantes que faziam você desviar o olhar para elas; suas mãos tremiam um pouco. Vi tudo isso e também saí do mundo.

Caminhava em direção ao Congresso. Naquela época, eu era o office-boy de Firpo. As ruas estavam em festa porque tinha chegado o herói da resistência contra os alemães. Eu tinha pedido a Firpo para me levar com ele. Minha tarefa consistiria em carregar sua maleta de médico. Recordo que me puseram uma credencial pendurada no peito, e o meu coração vibrava de orgulho. Firpo vestia terno de dia ou terno de noite, de acordo com a etiqueta. Todos os outros médicos estavam de avental branco.

Foi a primeira vez que o ouvi falar francês. As palavras brotavam fluidamente de sua boca. Ele gostava de conversar, e conversou longamente com as pessoas da comitiva que acompanhava De Gaulle. Esse era o trabalho que mais gostava de fazer. Contar histórias banais e apropriadas. Falar de comidas e de lugares. Todo esse mundo era o mundo de Anita. Também falou das plantações e dos diferentes tipos de charutos e tabacos.

Quando De Gaulle foi embora, Firpo contou-nos o que tinha conversado com ele. Naquele momento, a conversa me pareceu íntima; hoje talvez pudesse pensar que Firpo não era mais que um dos tantos convidados a uma recepção oficial, apesar de saber que, por causa da sua mulher, mantinha relações formais com a Embaixada da França. Talvez o que tornava o caso mais misterioso e emocionante era que nós também voávamos, como De Gaulle, em aviões da Segunda Guerra, e nos sentíamos um pouco como heróis. Íamos buscar um político que tinha sofrido um acidente no interior e que precisava ser transferido de avião à capital. Nas viagens importantes, o médico era Firpo, e eu era uma espécie de secretário de vôo. Servia-lhe o uísque, comprava-lhe gotas para o nariz, arrumava sua roupa ou carregava sua mala; também era seu *valet*. Mas, nessa noite, estávamos no ar, e o avião sacudia devido a um temporal. Nosso destino ia ficando incerto, o que tornava nossas vidas interessantes. A história também incluía um político de plantão e um comodoro, parente do acidentado, que nos acompanhavam no vôo.

"De Gaulle me deu os parabéns pelo meu francês e perguntou onde eu tinha aprendido a falar tão bem. Eu disse que tinha ido ao Liceu e que, além do mais, minha mulher era de família francesa. Na plantação que tinham no Paraguai, o pai dava ordens em francês e em guarani. Também disse que tinha adquirido vocabulário lendo Bichat — um livro da biblioteca do meu pai — quando estudava anatomia patológica. Lia no original. Olhou para mim e sorriu. Sua voz de trincheira ressurgiu, tão alta quanto ele, e com esse vozeirão, quase gritando, disse: 'Era meu autor preferido durante a guerra. Para ele, a doença era uma guerra contra o organismo; portanto, planejava como defender-se e como atacá-la. Tinha uma visão de conjunto que me parecia útil. Em Bichat aprendi mais sobre estratégia militar do que em outros livros dedicados ao assunto."

Por um momento, foi como se tivéssemos mudado de paisagem: era o Mar do Norte que estava sob os nossos pés. Então eu era jovem e confiava tanto nas coisas, que tinha muito menos medo do que hoje. Firpo era uma das coisas que me impediam de ter medo. E lá estava, seguro, voando naquele avião de hélice, no meio da escuridão e da tempestade. Firpo e Villa, com o mundo aos seus pés.

O caso do xá foi uma questão mais íntima. Nessa ocasião, não pude acompanhá-lo. Contou-me numa noite em que fiz as vezes de chofer. Nunca tinha dirigido um carro oficial e me dava a impressão de estar encerrado num caixão negro e brilhante. Firpo parecia tão inatingível, perdido em algum lugar do assento fofo e macio revestido de tapeçaria cinza, que teve que subir o tom de voz para que eu pudesse ouvi-lo. Íamos para a sua casa na rua Paraguai. Vivia numa espécie de mansão; era sua pequena plantação no meio da cidade.

Apesar da curta distância, a viagem tornava-se lenta. Era um carro oficial e eu tinha medo de batê-lo; portanto, ia a velocidade reduzida. A história durou o que durou a viagem, o tempo justo para que Firpo pudesse discorrer sem se aborrecer com o chofer, como se tivesse um caso preparado sob medida para cada viagem, às sete da noite, salvo alguma emergência, do Ministério até a sua casa. Quando ainda tinha um automóvel à sua disposição e Saúde Pública não tinha se transformado em Bem-estar Social. "Então perdeu o seu caráter social assistencial e se transformou numa forma vulgar de caridade", dizia Firpo, com saudade do velho nome que era mais heróico e elegante.

Quando entrei como office-boy, ainda usavam as insígnias com asas; deram-me umas de metal que eu exibia orgulhoso na lapela do terno. Enquanto isso, Firpo viajava à sua plantação envolto na fumaça de um grosso charuto. Nunca me ofereceu um, mas me dava as caixinhas de madeira em que vinham, que eu colecionava com devoção.

Quando Firpo mencionou o xá da Pérsia, o Oriente me veio de repente à cabeça. Ele não fez isso por acaso, seus casos sempre tinham a ver com alguma coisa de que você estava falando; se bem me lembro, eu estava contando sobre a primeira vez que examinei um paciente e o que senti ao apalpar um corpo vivo. Firpo, por sua vez, contou da primeira vez que examinou um príncipe.

"Tudo começou depois de um churrasco na Quinta de Olivos. O xá sofreu uma ligeira indisposição que não hesitei em diagnosticar como cólica. Portanto, como se faz nesses casos, indiquei Buscapina injetável."

"Estávamos nos quartos reservados aos hóspedes de honra, e o xá estava estendido sobre um canapé de época. Era evidente que estava dissimulando a dor diante dos estranhos, e continuou dissimulando mesmo quando o número de pessoas que o rodeavam foi diminuindo. Gente do Serviço de Inteligência, da segurança de Olivos e do próprio, até que ficamos o médico pessoal e eu. Comportei-me naturalmente, apesar de não desconhecer a hierarquia do doente. Todos os doentes são iguais aos olhos do médico, Villa, mas, ao mesmo tempo, cada um é diferente. Eu não me esquecia de que estava diante de um príncipe."

"O xá não tocava na comida antes que uma pessoa que sempre estava ao seu lado, e que também entrou quando ficamos a sós com o seu médico, a tivesse provado. Como eu estava dizendo, eu agia naturalmente, e naturalmente preparei a seringa para aplicar a injeção. Até fiz um movimento para aproximar-me do corpo do xá. O homem que era a sua sombra me deteve de repente com um movimento brusco que fez com que a seringa caísse no chão. Eu lhe comuniquei em francês minha desaprovação. O médico tentava explicar-me alguma coisa; suas palavras misturavam-se com o árabe. Assim, nessa meia língua, me disse que ninguém tocava no corpo do xá porque era um corpo sagrado, e que o xá não desnudava seu corpo diante de um estrangeiro que era alheio à religião do Alcorão. A situação tornou-se incômoda, dada a hierarquia dos personagens: quem ia inclinar-se para recolher os cacos de vidro? Como se estivesse lendo meus pensamentos, ele inclinou-se e começou a recolhê-los. Enquanto isso, procurei de novo uma seringa e uma agulha para preparar outra injeção. Fiz tudo ante os olhos do médico para não provocar desconfiança. Diante de minha decisão, o homem não voltou a interferir. Quando terminei de prepará-la, dei-lhe e disse: 'Lamento que, com o nosso mal-entendido, fizessemos um doente esperar. Além disso, jamais me teria ocorrido lesar o corpo de um príncipe.' O xá, por um momento, pareceu sair da sua dor. Seu rosto contraído começou a relaxar-se e, ao ver que eu ia embora, fez um sinal para que o médico me detivesse: o xá tinha me autorizado a permanecer no aposento."

"Eu o vi novamente no dia da sua partida, quando cumprimentou todos os colaboradores. Não sei se foi impressão minha, porque ele não disse uma palavra, mas eu senti, como se diz por estas bandas, 'que me dava um abraço'."

Na viagem de volta, sozinho dentro daquele automóvel pomposo, senti que o mundo crescia diante dos meus olhos; crescia tanto quanto os olhos de Firpo detrás dos seus luxuosos óculos de tartaruga, e em cada semáforo em que parava acariciava minhas asas de metal e voava. Voava para longe dali, não com o vôo de um inseto, mas de uma águia, uma águia da mesma cor das plumas que o chapéu de Firpo ostentava.

Voltei a acariciar as asas e tratei de levá-lo também a essa manhã luminosa em que todo o sol da Praça entrava pela janela.

O perigo parecia estar nos gritos provenientes da manifestação, mas as asas me enchiam o peito de coragem e me fizeram perder o medo e, pela primeira vez, pensei em salvá-lo e não em salvar-me, e quis levá-lo ao passado, a esse passado onde, antes de subir ao avião, acenava da escada, enquanto sua mulher, sozinha na distância, ia diminuindo mais e mais até transformar-se quase num ponto, e eu lhe servia o primeiro uísque da viagem.

— Doutor, o senhor se lembra do primeiro dia em que entrei em seu gabinete?

— Foi durante o governo de Illia[4].

— O senhor também não era radical. Me disse isso logo depois de começar a trabalhar, quando lhe contei da emoção que senti ao dar a mão ao presidente.

— Villa, na época, era Villita, apesar de que sempre o chamei de Villa.

— Vão fazer mais de dez anos que trabalho para o senhor. Lembra que me perguntou do que eu tinha trabalhado antes e eu disse que de mosca? E o senhor ficou me olhando, desculpe se hoje digo que estava até tentando esconder sua surpresa. Depois senti como se tivesse

---

4) Arturo Illia, representante da *Unión Cívica Radical*, presidente constitucional da Argentina entre 1963-1966.

cometido um pecado ao mencionar alguma coisa que o senhor poderia ignorar. Mas, naquele momento, pensei que podia deslumbrá-lo.

— Sim, e eu me lembro de ter dito: "Aqui você vai voar mais alto". Eu estava enganado, Villa?

— Não; voei de avião, voei por todo o país. Formei-me em medicina. Eu queria estudar advocacia e o senhor me perguntou por que e eu respondi: "Porque me disseram que se aprende tudo decorando". Eu me salvei, doutor, não levo jeito para defender ninguém. Aqui, a primeira coisa que aprendi de cor foi o código aeronáutico. Repetia a matrícula do Cessna o dia inteiro; ainda não tínhamos o "Guarani".

— Alfa, Charlie, Foxtrote.

— Então Butti, um integrante da segurança do ministro, quis mudar o código porque achava que era anti-argentino. Durante dias tivemos que traduzir o código para uma versão que ele tinha inventado. Para Alfa não encontrava tradução, para Charlie dizia Carlos e para Foxtrote não me lembro que palavra tinha encontrado. O senhor lhe repetia com paciência: é um código internacional, não pode ser mudado.

— Faz tempo que não o vejo. Ainda trabalha conosco?

— Depois do caso do código, foi transferido para Olivos. Foi decisivo o senhor ter dito que ele poderia pôr em perigo o tráfego aéreo.

Firpo já não me escutava. Sua mão tinha passado da cabeça de cavalo para as asas que tinha na lapela. Suas asas eram de ouro. De repente, ficou triste. Talvez eu tenha sido desajeitado ao mencionar o novo diretor. Mas, de repente, também me senti triste e não sabia como me despedir, como dar um jeito de sair daquela situação. No entanto, me animei a lhe fazer uma pergunta:

— Doutor, o senhor se lembra que me disse, que além do mais, eu ia voar mais alto?

— Não, Villa, já não me lembro.

— Perguntou se eu queria ser seu mosca. Se eu fosse seu mosca, ia voar mais alto. E eu, que era tão desajeitado de corpo, comecei a acariciar as asas da insígnia, e depois tentei ensaiar uns passos de dança, e comecei a revolutear ao seu lado, mexendo os braços como se fossem asas, esperando talvez pelo golpe que ia me esmagar, sem conseguir calcular o momento em que ia começar a irritá-lo. E tudo isso imaginei há mais de dez anos, quando entrei como office-boy, e depois quando o senhor me disse, mais tarde: “Com essa memória, Villa, você tem que estudar medicina”.

Firpo me estendeu a mão e disse uma frase que ia ficar revoluteando na minha cabeça, a partir daquela manhã, sabe-se lá por quanto tempo:

— Não foi à toa que eu disse isso, Villa, não foi à toa.

Enquanto andava em direção aos teletipos para enviar uma mensagem sobre uma remessa de vacinas à província de Corrientes, as últimas palavras de Firpo continuavam nos meus ouvidos. De um modo mecânico, verifiquei se as doses e as quantidades estavam corretas, sem nem ao menos pensar que estavam destinadas a serem aplicadas em corpos reais que as esperavam, e que suas vidas dependiam das vacinas. Tudo me parecia tão irreal, como se o olhar de Firpo tivesse contaminado a atmosfera, e o mundo tivesse se reduzido a lembranças, a papéis e cifras sem valor real que a gente colocava no teletipo.

Esse trabalho tinha se tornado muito diferente do primeiro trabalho da minha vida. Meu primeiro trabalho como mosca em Avellaneda: a cabeça na terra, o corpo no ar. Se existem moscas em outros lugares, eu nunca vi.

O Polaco me ensinou tudo o que um mosca deve saber. Dos que conheci, era o melhor. Melhor que Dapena e Nene Fernández. Todos esses moscas trabalhavam na sede do Racing Clube, no coração de Avellaneda.

Poderia dizer que, mesmo depois de tantos anos, trabalho como mosca? "O que é ser um mosca?", perguntou-me Firpo uma vez. "Um mosca é quem revoluteia ao redor de um figurão. Se for um ídolo, melhor", respondi.

Os figurões eram homens da noite. Com o tempo, numa madrugada quando era residente de plantão em Fiorito, também no coração de Avellaneda, tive que atender a um figurão, e Garrido apareceu uma noite com um balaço e, enquanto o despia, tentava desesperadamente acalmá-lo sem perceber que ele estava mais tranqüilo do que eu e notava como minhas mãos tremiam, porque não tirava os olhos delas, e eu tentava inutilmente lembrar do que tinha decorado sobre como se agia no caso de uma bala no estômago. Até que ele pôde falar e disse: "Chama alguém".

O Polaco também se tornou um homem da noite. Durante o dia, os moscas desapareciam. O Polaco, entretanto, tinha um defeito, a altura: era chamado de Escada ou Escala, conforme a confiança. Era muito alto e corpulento para ser mosca. Por isso, quando os homens jogavam cartas e ele estava atrás deles esperando alguma ordem, sua sombra ficava alta demais, impondo um certo medo aos jogadores. Em alguns, até um medo supersticioso, porque essa sombra podia ser a sorte negra que caía sobre eles. O Polaco sabia e, para dissimular, tratava de encolher-se e caminhar encurvado; mas sua juventude e seu corpo tão atlético o impediam, e então voltava a se erguer: era inútil e ridículo andar pelo mundo caminhando encolhido. Entretanto, conservava seu lugar, porque o Polaco era o melhor dos moscas.

Por um momento, tive saudade do meu mundo onde, por estar ao lado do Polaco, tudo se tornava mais confiável. Voltei a encontrá-lo num pequeno aeroporto de Santiago del Estero. Surgiu caminhando da areia, talvez um pouco menos ereto por causa dos anos.

Eu tinha ido buscar um traumatismo craniano. O avião aterrizou no meio de um areal. O Polaco sabia que chegaria um avião de Buenos Aires e planejou voltar nele. Na viagem de volta, eu não podia me separar do doente, porque tinha medo o tempo todo que ele morresse. Mas, nos momentos em que conseguia confiá-lo à experiência de Estela Sayago, a enfermeira de bordo, conversávamos sobre nossas vidas. Não sei que estranha divisão de herança levou-o até ali. Mas vê-lo surgir do Areal como antes o via saindo do colégio, com passos seguros, olhando o mundo de cima, devolveu-me certa tranqüilidade. E acho que esse foi meu melhor vôo assistindo a um doente. Não nos encontramos mais, mas me lembro do seu último gesto, cruzando os dedos enquanto olhava para o homem que estava na maca. E, pelo menos uma vez, cruzar os dedos deu resultado.

Olhei-me ao espelho e me vi diante dos teletipos. Estava sozinho no jogo. As horas transcorriam na monotonia de rádios e memorandos burocráticos mandados de uma província a outra. Promoções, cargas, remessas de dinheiro. Alguns destinos dependiam desses papéis. Várias vezes me aproximei do operador de rádio e, quase como fazia Firpo, perguntei se tinha novidades de Olivos. Encerrei-me no meu gabinete — quando ficava de plantão tinha um gabinete — e me senti aliviado, porque os gritos da manifestação estavam se apagando. Só a sirene de alguma rádio-patrulha e de alguma ambulância municipal. Firpo tinha me ensinado que só intervínhamos quando se tratava de âmbito nacional.

Abri uma gaveta, encontrei um maço de cartas e comecei a jogar paciência. Chamei o ordenança e pedi um café. Pensei: o negro Thompson é meu mosca; um mosca de luxo, porque é negro. Eu fui um mosca branco. O Polaco era um mosca no leite. Voltei às cartas e as que foram aparecendo me levaram a outras. Os jogadores só aceitavam um mosca ao redor da mesa. Mais de um incomodava, por isso nos revezávamos sentados no balcão. Um mosca olhando para outro mosca. O mosca de plantão dividia seu olhar entre a mesa de jogo e o balcão. Se algum jogador precisava de alguma coisa e o mosca tinha que sair para buscar, já havia outro para substituí-lo. Fazíamos um sinal e, rapidamente, outro mosca ia até a mesa. Assim passávamos a noite, entre passos de dança e olhares. Podíamos trabalhar para o mesmo jogador durante meses. Dependia da sorte e de como vinham as cartas. Se um mosca ficava ligado à sorte de um jogador, podia perder seu trabalho para sempre.

Recebi a resposta pelo teletipo: "doutor Villa, as doses e as quantidades de vacina estão corretas". Arranquei a mensagem e coloquei no quadro de avisos, com outras novidades.

Senti uma mão no meu ombro. Era Villalba, o chefe administrativo. Na verdade, era o chefe. Em outros tempos, tinha sido a sombra de Firpo. Sua mão direita. Mas trocou de mão. Antes era manriquista; agora, lópezrreguista[5]. Eu também tinha sido seu

---

5) Referência às linhas políticas do Ministério de Bem-estar Social ligadas aos nomes de Francisco Manrique e José López Rega. Manrique foi ministro durante os governos militares de Levingston e de Lanusse, entre 1970 e 1973, com interrupções. Seu sucessor, José López Rega (secretário particular de Juan D. Perón e assessor principal de sua esposa) permaneceu nesse ministério entre 1973 e 1975, transformando-o numa das bases de operações da organização paramilitar *Aliança Argentina Anti-Comunista*, conhecida como "Triple A".

protegido. Eu também fui um pouco seu mosca: pagava contas, marcava encontros às escondidas com suas amantes e emprestava o meu apartamento para esses encontros. Quando o conheci, era manriquista. O ex-ministro lhe falava com muita intimidade. Na verdade, falava com muita intimidade com todos. Um dia, do ar, quando o avião já tinha saído de Mar del Plata, pediu-me para comprar entradas para o cinema. Eu era médico, mas ele era ministro. Chamei Mussi, o chofer, e fomos de ambulância tocando a sirene até o Gran Rex.

Agora, López Rega e um tal de Brunetti também lhe falavam com muita intimidade. Planejavam medidas de segurança, Ezeiza os pegou muito desprevenidos[6]. Resolviam assuntos dos quais Firpo nem sequer ficava sabendo. Eu não queria perder sua confiança e lhe contava algumas coisas.

Queriam transferir Firpo. Havia duas coisas que não lhe perdoavam. Uma era ter denunciado que em algumas ambulâncias que saíram do ministério no dia do caso de Ezeiza ia gente armada. A outra era, ao perceber o que estava acontecendo em Ezeiza e o que ia vir daí, ter dito que as coisas iam se tranqüilizar. Talvez não houvesse necessidade de desviar o avião que trazia Perón da Espanha para o aeroporto de Morón. Todos olhavam para ele esperando suas palavras, e ele disse: "A solução é que Perón fale do avião. Temos que conectar os auto-falantes de Ezeiza com o avião. Se escutarem sua voz, tudo vai se acalmar." A idéia pareceu-lhes apropriada; consultaram o ministro, que a aprovou, só que a conexão deveria ser feita através de uma unidade móvel que estava sob as ordens do coronel Osinde, que, por ter uma rixa com o ministro, negou-se a colaborar. Assim estavam as coisas nesse momento.

Não toleraram que Firpo denunciasse o fato. Sem dúvida tinha sido investigado. Nesse lugar todos estávamos sendo investigados

---

6) Referência ao episódio histórico conhecido como o Massacre de Ezeiza, que marcou o retorno definitivo de Perón ao país, depois de dezoito anos no exílio. No aeroporto internacional, onde uma multidão esperava a chegada do líder político, ocorreu um violento confronto armado entre as tendências da esquerda e da direita do peronismo, esta última sob o comando de José López Rega, que deixou centenas de mortos e feridos e dividiu definitivamente o peronismo como força política.

ou, pelo menos, assim pensávamos, ou queriam que pensássemos. Essa ambigüidade era o que me dava medo. Entretanto, com Firpo tomavam cuidado; tomavam precauções, talvez pelos contatos políticos que ele tinha. Costumava almoçar no Círculo Militar e, mais de uma vez, foi a alguma recepção dada pela Embaixada Francesa. Além disso, havia os Piccardo. Em segredo, eu estava do lado de Firpo, mas muito secretamente.

— Villa, acabo de falar com Olivos e o desenlace é iminente. Não sabemos o que pode acontecer. Com a morte de Perón, o céu vai desabar, e nós temos que saber onde estamos metidos.

— Sim, senhor. O que devo fazer?

— Ver se os aviões e as ambulâncias estão OK. Diga aos pilotos dos quatro pás para ficarem alertas. Quero todos os médicos e enfermeiros aqui. Ok, Villa?

— Sim, senhor. Eu mesmo me encarrego disso.

— Não, Villa, faça com que o pessoal administrativo, os operadores de plantão, cuidem disso. Você só dê as ordens. Às vezes, Villa, é preciso dar ordens.

— Comunico as novidades ao doutor Firpo?

— Não, Villa. Para que deixar o doutor preocupado? Não percebeu que é como se ele estivesse em outro mundo?

— Sim, é verdade, senhor. Faz tempo que percebi. É melhor não lhe dizer nada.

— Ok, Villa.

Fui até a central de operações e impostei um pouco a voz para que Díaz, ou algum outro operador de plantão, cumprisse com o alerta geral. Para impressioná-lo, falei em código: "Estamos em alerta três. Deve estar preparado para passar ao dois, e até para chegar ao um". Díaz olhou para mim. Então, para reforçar a ordem, disse: "É uma ordem de Villalba". Ele nem sequer me respondeu e começou a discar o número de telefone dos pilotos. Depois, escutei-o falar com a base de Palomar e com Ezeiza.

Hoje o poder parecia estar nas mãos de Villalba. Ele dava as cartas. Escutei-o falar pelo telefone com Brunetti: já estavam falando em construir uma cripta em Olivos. Com Villalba eu nunca sabia como trabalhar. Sempre me deixava em dúvida. Nunca conseguia saber o que significava para ele, e não há nada pior que ignorar essa questão quando se está nas mãos de alguém. Apesar de guardar um segredo: sua amante; um segredo grande ou pequeno, conforme as circunstâncias.

Com Villalba nunca se sabia. Gostava das coisas sensacionais. Fazer aterrizar um avião em uma estrada com muitos carros à beira do caminho iluminando o asfalto negro, e a notícia saindo nos jornais e na televisão: "Salvamento de uma criança no meio da noite". Todos no plantão sabíamos que nem o diagnóstico nem o estado do doente justificavam o vôo a essas horas: seria possível voar na manhã seguinte. Mas de dia teria sido um vôo de rotina para as estatísticas. E ele só se interessava pelas estatísticas quando eram números redondos que podiam significar as coisas mais diversas: horas de vôo, doentes transferidos; mortes a bordo ele sempre se esquecia de anotar.

Villalba parecia com Sívori, aquele jogador para quem trabalhei de mosca. Sempre pensava coisas estranhas: com o tempo cheguei a pensar que se tratava de cabalas que lhe passavam pela cabeça. Uma vez, de madrugada, tive que sair para buscar orquídeas porque ele se lembrou de que era seu aniversário de casamento. Nas partidas, tinha sempre uma hora em que os cigarros acabavam. Sívori fumava Camel. Naquele tempo não era fácil conseguir importados, muito menos a essa hora, muito menos em Avellaneda. Como bom mosca que era, e queria chegar a ser, tinha aprendido a guardar outro maço, mas eram muito caros, e quem tem dinheiro aos quinze anos?

A incumbência mais estranha teve a ver com uma morte. Eu tinha que ir cumprimentar os parentes em seu nome. Era estranho Sívori não ir pessoalmente. Os outros moscas estavam tão surpresos quanto eu. Foi assim que estampou seu nome num cartão branco e, nessa noite, em vez de uma orquídea, tive que sair para comprar uma coroa. Antes de ir ao velório, passei por "El Tucán", a única floricultura de plantão em Avellaneda. Aberta para a vida e para a morte.

Quando cheguei ao velório, fiquei sabendo quem era o morto. Eu estava vestido "nos trinques", o que parecia inadequado para a situação. Para os moscas, e para os que andavam "nos trinques", sempre era verão. Paletó azul, calça Oxford branca, mocassins negros, meias azuis que combinavam com o cinto de lona da mesma cor. Fivela de metal reluzente. Camisa Grafa cinza, navalha no bolso. Poderia ir vestido assim a um baile.

Comecei a procurar pelos parentes, acendendo ostensivamente um 43 com meu zippo. A essa hora da madrugada os parentes eram poucos. Procurava nessas caras algum traço familiar que me lembrasse Sívori. Cumprimentava timidamente, sem ter coragem de perguntar e, apesar de envolvidos pela dor, notei que estranhavam a minha presença. Apesar da minha apreensão, pensei que era melhor entrar na sala do velório. A coroa que Sívori me fez mandar não me dava nenhuma pista, só me disse para pôr "Sívori filho". Dei de cara com o morto e fiquei paralisado: nessa cara, nesse caixão, reconheci traços familiares. Era uma réplica de Sívori, só que mais velho, só que estava morto.

Uns parentes se aproximaram e me perguntaram:

— Quem é você?

— Villa, o mosca de Sívori.

— Um mosca? — perguntou alguém, achando estranho.

— Sim, uma espécie de office-boy secretário. Vim da parte dele. Não pôde vir. Está viajando pelo interior, por assuntos do Clube. Uma excursão da equipe de basquete.

— Agora se dedica ao basquete? — perguntou alguém, um homem que parecia ser muito achegado.

— Sim. É *manager* da equipe de basquete. Uma excursão por Rio Negro. Quando ficaram sabendo no Clube, localizaram-no, e ele me encarregou por telefone de mandar as flores e vir cumprimentar em seu nome. Pediu desculpas por estar tão longe. Não havia vôos até o dia seguinte e de ônibus não teria chegado. Falava com voz muito triste, entrecortada.

Parei a tempo. Lembrei das palavras do Polaco: "Um mosca não deve exagerar". E percebi que estava exagerando.

Foi a primeira vez que, como mosca, tive que mentir. Se um mosca vira um mentiroso, perde a reputação e já não pode mais trabalhar para ninguém. Quando voltei ao Clube, ainda continuavam jogando. Sívori me olhou nos olhos para ver se eu tinha cumprido a incumbência. Senti que ia ficando perturbado, que ia ficando vermelho; ele tentava adivinhar se eu o estava julgando. Já sabia que eu sabia. Olhei para ele e disse: "Não consegui a coroa de cravos vermelhos e brancos. Só havia brancos, os vermelhos terminam mais rápido".

— O que vale é a intenção, Villa.

— Tinha pouca gente para a hora.

— Gente do Comitê[7]?

— Não sei, eu não conhecia ninguém.

— Fazia anos que eu não via meu pai. Ele sempre foi radical; eu, peronista a vida toda. Entre outras coisas, a política nos separou. Teria sido uma linda coroa partidária. Um sinal de que não lhe guardava mágoa.

Depois fez um gesto como para me mandar embora. Andei até o balcão onde estavam os outros moscas. Andei com o meu segredo de que no velório tinha falado demais. Tive que mentir para continuar sendo o mosca de Sívori. Por acaso essa não tinha sido sempre a minha política? Onde me davam espaço, eu ficava.

— Villa, mande trazerem-me o carro.

A voz de Firpo me trouxe de volta ao presente. Tive vontade de pedir-lhe para ficar, para não abandonar o barco neste momento.

— Villa, o que está acontecendo com o carro?

Enquanto ele continuava absorto, olhei para sua secretária, Alicia Montero, e disse em voz baixa:

— O barco está afundando e ele exige o carro.

— Villa, você sempre trata de estar bem com Deus e com o diabo.

— Já disse para me chamar de doutor Villa.

— Desculpe, sempre me esqueço de que você é doutor.

Nunca simpatizamos. Sua fidelidade me dava raiva. Era de uma

---

7) Comitê: nome que designa a sede onde se reúnem os partidários da *Unión Cívica Radical*.

fidelidade incondicional a Firpo, acima de tudo. Acreditava que o amor podia arrumar tudo, mas era Villa que tinha que por a cara e resolver os problemas. Agora era conseguir o carro. Ir ver Villalba em meio aos vertiginosos preparativos e quase implorar, em nome dos velhos tempos, que liberasse um carro para Firpo voltar para casa.

Entrei no gabinete e o encontrei com a pasta sobre a mesa e de chapéu posto. Pedi licença e disse:

— Doutor, há poucos carros. Estão preparando uma operação especial porque a morte de Perón é iminente.

— Por que não me avisou antes?

— É que o senhor Villalba me contou as novidades e tive que pôr a operação em andamento. Procuro mantê-lo informado e me cuidar, ao mesmo tempo; tenho medo de perder o emprego.

— Quer dizer que agora você é um homem de Villalba.

— Não diga isso, doutor, eu sempre fui fiel ao senhor. Só que não há choferes nem carros. Se quiser, eu o levo no meu carro.

— Desde quando você tem carro?

— Já lhe contei, doutor, acontece que ultimamente o senhor se esquece de tudo.

— Contou o quê?

— Villalba tem um conhecido na Caixa Econômica, e me concederam um empréstimo que dão aos profissionais.

— Mas você não tem os anos necessários...

— Villalba conseguiu que abrissem uma exceção.

— A melhor coisa que Villalba disse sobre você foi a piada que inventou no primeiro dia de trabalho: "Ah, chama-se Villa, então é uma parte de mim, porque eu me chamo Villalba!". Você e ele finalmente fazem uma boa sociedade. E para que você quer um carro?

— O senhor sabe, doutor, moro longe, em Avellaneda, no fundo, quase Sarandí, e agora estou *full time*.

— É, isso também foi Villalba que conseguiu para você.

— Doutor, eu nunca o traí. Aliás...

— Aliás o quê, Villa? Diga tudo o que sabe.

— Lá fora, doutor, lá fora eu conto. Vou dizer a Villalba que o levo para casa.

— Que carro é, Villa?

— Um Citröen, doutor.

— Eu o autorizo a descer pelo elevador privativo do ministro. Se alguém lhe perguntar, diga que é uma ordem minha. A esta hora é Pérez quem costuma estar.

— Sim, em uns minutos posso estar na porta da Defesa. Eu não estou autorizado a usar o estacionamento oficial.

Nem avisei Villalba. Sabia que ia dizer que sim, mas que ia fazer algum comentário irônico. Rezava para que não estivesse aquele que Firpo chamava de Pérez, que não era outro senão o ex-campeão mundial. Campeão de peso mosca. Todos o chamavam de Pascualito. Até o ministro Manrique, que o contratou. Todos faziam a mesma brincadeira: ao subir ao elevador, punham as mãos na cara e esticavam os olhos como se fossem japoneses. Então Pascualito, como naquele dia em Tóquio, começava a lançar golpes no ar. Eu o respeitava, mas sentia pena dele. Pascualito foi um campeão olímpico, e eu vivia no bairro dos Olímpicos. Um bairro de sobrados que Perón tinha mandado construir no seu primeiro mandato. Em frente ao Policlínico, tudo novo, tudo de brinquedo. Nesse bairro vivia Delfo Cabrera, campeão olímpico[8]. Eu sonhava vê-lo aparecer correndo, treinando para alguma maratona. E, certa noite, de repente, surgiu da escuridão, como o Polaco surgiu do Arenal.

Naquela noite, corri ao lado de Cabrera, que treinava nos terrenos da estrada de ferro. Eu só queria que me contasse como ganhou a maratona em Wembley. Mas ele não falava enquanto corria, e havia uma caminhonete que o seguia enquanto um homem marcava o tempo. O homem da caminhonete quis me mandar embora, mas Cabrera fez um gesto para ele me deixar ficar. As mesmas ruas, esse mesmo terreno desconhecido que chamávamos de Robustiano e que incluía o Gasômetro, a estrada de ferro, parte dos currais e dos Matadouros e até a lagoa, que era uma placa de vidro fina e espelhada. Às vezes

8) Referência ao lutador de boxe Pascual Pérez e ao maratonista Delfo Cabrera. Ambos foram campeões nos Jogos Olímpicos de 1948. Em 1954, Pérez foi campeão mundial ao derrotar o japonês Yoshio Shirai, em Tóquio.

você achava que podia correr por ela como no gelo. Tudo o que era inatingível, sob os pés de Cabrera virava uma superfície limitada, e acho que essa noite até demos duas ou três voltas pelo Robustiano.

Eu parecia eletrizado. Quando Cabrera parou junto à caminhonete, colocou um agasalho enquanto seu acompanhante lhe fazia massagens e lhe dava alguma coisa para beber. Ao mesmo tempo eu mexia o corpo como se estivesse correndo: "Pára, moleque, desse jeito você vai se matar".

Quase tremendo, com o fio de voz que me restava, com a respiração entrecortada, porque sentia dor no estômago e meu coração ia explodir, disse: "Me conte como foi em Wembley".

"Nos mastros havia vinte e três bandeiras. A gente se sentia representado. Não sei se você me entende, a bandeira não era uma coisa alheia. Éramos quarenta e três corredores. Fazia muito calor e havia setenta mil pessoas. Eu corria atrás, em último. Não para regular o ritmo, como os jornalistas disseram depois. Era que saímos do estádio de Wembley e topei com um campo. Havia dois amigos que corriam comigo, um de Bahía Blanca e outro de Mendoza. Dois fenômenos. Eu corria atrás porque seguia o pelotão, tinha medo de me perder. O primeiro a tomar a dianteira foi um coreano. Em segundo ia um belga. Depois de dez quilômetros apareceu um chinês, que parecia uma locomotiva pela potência e pela velocidade. Chamava-se Wen Lou. O belga e o coreano se alternavam na dianteira, até que o belga voltou a ficar na ponta. Quando entramos no estádio, não sei como, eu estava em segundo, só tinha o belga pela frente. Aí já não tinha medo de me perder e ultrapassei. Dei uma volta inteira no estádio e me encaminhei à reta final. O belga parecia que ia desmaiar, o chinês era só uma sombra. Já conhecia o caminho, como se voltasse para casa. Como quem corre pelo Robustiano. Primeiro a torre do gasômetro, o cheiro conhecido e azedo, numa mistura de gás e de mijo; ao longe, os currais e, ao fundo, no horizonte, sete pontes. Já não tinha medo de me perder. Até tive tempo de virar e comprovar que todos estavam me seguindo."

Viajava com Firpo em direção à velha plantação pensando que

talvez já não restasse nada dela. Que talvez a única saída para os acontecimentos que vivíamos fosse entrar de uma vez por todas na paisagem e não virar nem uma vez para olhar para trás.

Firpo estava inquieto. Não sei se o que o inquietava era a proximidade com seu empregado, ou só eram coisas da minha cabeça e uma barreira intransponível nos separava, apesar da proximidade de nossos corpos.

— O que é que você sabe, Villa?

— Acho que o senhor já suspeitava, doutor. A chegada do novo diretor nacional. Um homem da segurança pessoal de Perón, um homem do ministro, um suboficial reformado.

— Um suboficial como diretor? Impossível!

— Sei o nome, doutor: chama-se Salinas.

— O que vai acontecer com a Aviação Sanitária?

— Ela vai ser reabsorvida por um Departamanto Nacional ou, se não, será transformada numa entidade burocrática.

— Quer dizer que vamos perder os aviões?

— Certamente.

— As ambulâncias e os helicópteros não me interessam. Além disso, sempre detestei Naón, o piloto do helicóptero. Um aproveitador, um corvo.

— Um corvo?

— Sim, durante anos foi piloto no sul. Dedicava-se a procurar os alpinistas pendurados nas montanhas. Não fazia isso para tentar salvar a vida deles, mas porque os parentes, para receber o seguro, precisavam dos corpos como prova. Foi o que me contou outro piloto que, este sim, arrisca-se para salvar uma vida. Naón dava voltas em círculos, procurando sua presa. Fez muito dinheiro dessa maneira, tem até sua própria empresa de helicópteros. Não é estranho que esteja trabalhando para esse Salinas. Num helicóptero pode-se levar qualquer coisa.

— Não entendo, doutor.

— Villa, você nunca quer entender nada. Lembra da minha denúncia sobre as ambulâncias? Nunca eram dirigidas por um chofer do ministério. O helicóptero, em compensação, sempre nas mãos de Naón. Tranqüilamente poderia levar armas.

— Acho que o senhor está exagerando, doutor.

— Nem tanto, Villa. Você sabe que depois da denúncia das ambulâncias recebi ameaças. Um diretor do ministério ameaçado! Disseram que iam me fazer voar pelos ares. Talvez tenha chegado a sua hora, Villa, um mundo mosca, onde tudo voa.

— Mas, doutor, mesmo que perdêssemos os aviões, não seria preferível procurar um posto mais tranqüilo, menos perigoso, menos político?

— Villa, a primeira regra que aprendi quando fiz o curso de defesa nacional no Ministério da Guerra foi: qualquer assunto é político.

— Mas isto não pode durar muito tempo.

— Não tenha tanta certeza. Por acaso você não escutou quando essa mulher, a quem chamam pelas iniciais, ameaçou-me porque não deixei entrar homens armados no escritório e disse: "Este é um recinto médico"? Convocou-me ao seu gabinete, na Subsecretaria, um gabinete onde houve homens brilhantes como Mondé. Disse, enquanto eu via o revólver na sua cintura: "Qual é o seu problema, Firpo?". "Nenhum, senhora", respondi. "Foi só uma observação que eu teria feito a qualquer um, inclusive a qualquer um dos meus empregados." "Eu não sou sua empregada, Firpo, acho que é ao contrário." Lembro-me de ter dito que meu cargo estava à sua disposição, apesar de ser um funcionário de carreira. "Não, doutor, não se trata disso", disse, "é que gosto de ver a cara das pessoas de perto." O que é que você acha, Villa? Eu não estava sob ameaça? São idéias de um velho excêntrico?

— Não, doutor, claro que acredito no senhor. E, além do mais, os aviões já não são a mesma coisa, é preferível a transferência. A Aviação Sanitária já não é mais o que era.

— É, agora se dedica a conseguir enterros e funerais grátis. Sabe, esse serviço da Aviação Sanitária foi inventado na época da peste. Foi em 56, lutávamos contra a pólio. Pusemos um pulmão de aço num DC 3 pilotado pela Marinha e saíamos a qualquer hora da noite para buscar doentes, de Ushuaia a La Quiaca. Lutávamos contra a peste centímetro por centímetro, por terra e pelo ar.

À medida que chegávamos à sua casa, fui ficando sem palavras.

Era inútil tentar convencê-lo. Lembrei-me de Elena. Estivemos a ponto de nos casar. Aos doze anos, pegou pólio. Talvez, sem conhecê-la, Firpo tenha salvado sua vida.

Elena queria ser bailarina clássica e, apesar da pólio, continuava tendo as melhores pernas do mundo. Enquanto estava de cama, só escutava Pat Boone. Em meio à febre, dançava ao compasso de *Cartas de amor sobre a areia.* Nunca soube como se salvou da peste, nunca quis falar sobre essa época em que não podia dançar.

Muitos anos depois, cada vez que subia nesse DC 3 de que Firpo tinha me falado, quando já fazia anos que a epidemia tinha passado, tive que ver um corpo no pulmão de aço. Um doente com transtornos respiratórios que trazíamos de Iguaçu. Enquanto o via dentro da caixa de vidro e de aço, tentava lembrar como se pilotava, repassando o nome das alavancas, as temperaturas dos termômetros, a pressão das válvulas. Ao mesmo tempo que cantarolava a canção de Pat Boone, rogava a Deus para o homem chegar vivo à terra.

A pólio era um fantasma branco que percorria as ruas. A imagem mais precisa era um menino correndo e a peste nos seus calcanhares. Por isso corríamos, por isso todos queriam ser como Cabrera. A cal tinha se apoderado do bairro e as casas, todas brancas, tornavam-se alheias, como se de repente tivessem pintado o mundo e flutuássemos numa região estranha, entre a terra e as nuvens.

Na minha casa, a peste tinha-se transformado num assunto político. Meu avô dizia: "É a maldição pela queda de Perón. As crianças deixaram de ser os privilegiados". Meu pai lhe respondia: "Se não fosse pela Revolução Libertadora[9], que trouxe a vacina, todos teriam morrido".

Saíamos à rua agarrados ao tablete de cânfora, pendurado sobre o peito como uma das medalhas que Cabrera exibia. Depois foi a meia-medalha de Elena, a primeira credencial, as asas de metal como uma insígnia e, mais tarde, uma réplica do cavalo de ouro de Firpo para exibir na gravata.

A pólio branca avançava e tomava tudo, os pobres e os ricos, os

9) Nome com que se identificou o golpe militar de 1955, que, sob o comando do general Leonardi, derrubou Perón de sua segunda presidência.

bonitos e os feios, os famosos e os desconhecidos. Talvez aí tenha tido esse primeiro sabor de vingança íntima: para a pólio, éramos todos iguais. Um leve ar de triunfo, o de sobreviver, enquanto o inigualável Margianne, o melhor aluno, o melhor jogador, podia jazer de repente numa cama. Não deixava de me causar uma certa satisfação, talvez amarga como esse cheiro que nos envolvia.

No bairro dos Olímpicos todo o mundo tinha medo de que a pólio alcançasse as pernas de Cabrera. Muitos rezavam, diziam que Perón queria mandá-lo ao exterior, mas que ele não queria ir. Elena tinha medo de não poder dançar; eu tinha medo de não poder correr.

A pólio branca avançava mais e mais. Um pai fez um helicóptero aterrizar no pátio da Policlínica e levou os filhos para o campo. Ficava a sós com o meu corpo e olhava para ele, tentando adivinhar por onde a pólio poderia entrar. Examinava meus músculos, observava as articulações, olhava a cor da minha pele no espelho do guarda-roupa. Tentava ficar em movimento o tempo todo, sempre um centímetro adiante da doença, como se correr fosse a salvação. Correr com as pernas de Cabrera era como voar.

Ainda levo pendurado no peito o nome de Elena. Terminamos separados pelo ódio e nunca tivemos a oportunidade de devolver as medalhas. Talvez algum dia a veja de novo. Talvez deva um favor a Firpo por ter salvo sua vida. Talvez seja este o motivo que me leva a seguir o seu destino: eu iria acompanhá-lo mesmo que fosse um retrocesso para a minha carreira, eu iria acompanhá-lo mesmo desafiando a desaprovação de Villalba.

Essa noite, quando voltava depois de ter deixado Firpo, o bairro estava tão deserto quanto no tempo da pólio.

No dia da morte de Perón, eu estava de plantão. A notícia nos chegou pelo rádio, a voz de Butti falando de Olivos. De repente a cidade pareceu ficar em silêncio por um instante, e do ministério só se ouviam os cascos dos cavalos dos Granaderos marchando em direção ao Congresso.

Depois de muito tempo, Firpo saiu do seu gabinete e foi até o escritório de Salinas. Caminhava ereto, percorrendo os poucos metros que o separavam do diretor; entretanto, eu tinha a impressão de que o trajeto era interminável: existia um abismo entre eles. Caminhava sem outro apoio que sua própria dignidade e, apesar de estar só, parecia acompanhado de muita gente, tal a força que sua pessoa irradiava. Cada movimento, cada passo, cada gesto revelavam uma força interior que pensávamos que tivesse desaparecido. Esse era Firpo. E assim tinha caminhado quando se dirigiu a De Gaulle e também ao xá. De frente, como costumava fazer as coisas. Apesar dos acontecimentos, Firpo brilhava. E atrás dele andava Villa, seguindo seus passos.

Villalba também estava no gabinete de Salinas. Firpo entrou sem ser anunciado e os dois homens se surpreenderam.

— Fiquei sabendo que o presidente morreu. Imagino como deve estar se sentindo — disse Firpo, com uma voz que impunha um respeito que eu nunca tinha visto.

— Apesar de já estarmos esperando, não deixamos de sentir. Estive muitos anos na sua segurança pessoal — respondeu Salinas.

— Será velado no Congresso.

— É assim que deve ser — respondeu Salinas, que já não falava com Firpo: parecia submerso na sua própria história.

Villalba parecia imutável e em silêncio, até que disse:

— Devemos planejar as coisas para evitar problemas, no caso de haver distúrbios. Não sei se teremos tempo para entrar em estado de emergência. Talvez seja melhor adiar a notícia por umas horas, pode haver desordens.

— Quem se atreveria com o general no caixão? — respondeu Salinas duramente.

— Eu digo pelo povo: vai sair para as ruas, e cada vez que sai para as ruas há problemas. Além disso, todos os setores vão querer capitalizar essa morte.

Essas foram as palavras de Villalba, que falava com autonomia em relação a Salinas. Falava com frieza, alheio a qualquer sentimento.

— Esse tempo já passou, Villalba. Devemos dar a notícia. Ou você quer contribuir com a lenda da oposição de que o peronismo oculta a morte? Com a Senhora[10] foi a mesma coisa: inventaram datas diferentes para o seu falecimento. No caso do general, tem que ser diferente. Uma hora e um lugar fixos: como num encontro.

Quando Firpo se retirou, depois de cumprimentar somente Salinas, segui seus passos. Até Villa sentia algum orgulho das palavras de Firpo, como se tivessem sido pronunciadas por ele mesmo.

Essa noite voltamos com Firpo num carro oficial. A morte de Perón oferecia uma trégua. Velá-lo no Congresso certamente fazia Firpo recordar-se do general De Gaulle.

— Vou ao Congresso — disse, interrompendo o que parecia haver sido uma longa reflexão e que tinha durado o tempo de uma decisão.

— Para ver Perón?

— Não. Ao Congresso, onde está Perón. Talvez seja uma das últimas vezes que vá ao Congresso.

— Não diga isso, doutor. Ultimamente o senhor está cheio de maus pressentimentos.

— Não é superstição, Villa. É velhice.

---

10) Referência à morte de Eva Duarte de Perón, segunda esposa de Juan Domingo Perón, falecida em 1952.

— Mas, doutor, o senhor está perfeito.

— Até Perón morre, Villa.

— É outra idade. Para que comparar?

— Não é o corpo, é o espírito.

— Doutor, o senhor sempre pode voltar ao Congresso.

— A política já não é para mim. Mas quero ir ao Salão Azul. Você o conhece, Villa?

— Não, doutor.

— É uma dessas coisas que vale a pena conhecer. Faça reservarem um carro para amanhã. Tenho certeza de que, desta vez, nem Salinas nem Villalba causarão problemas.

O trânsito até a plantação ia ficando pesado. As ruas se encheram de policiais e os capacetes brilhavam com a garoa que começava a cair. Já deveriam ter dado a notícia, porque havia gente chorando pelas ruas. Já tinham passado umas horas desde a conversa no gabinete de Salinas e a praça diante do Congresso se enchia de gente. Os guarda-chuvas eram como um luto negro suspenso contra o céu.

— Procure um outro caminho — disse Firpo ao chofer.

— Vou tentar — respondeu Mussi, enquanto me fazia um sinal de cumplicidade pelo espelho.

— Que paradoxo! Agora que está morto esse homem tem tanto poder como quando estava vivo. Deus que me perdoe, mas faz anos que eu esperava que ele morresse. Sempre pensei que, com a sua morte, tudo fosse se acabar. Sem dúvida, estava enganado.

Não pude ver da janela do ministério quando o féretro entrava na Catedral para a missa de corpo presente. Nem a carreta do canhão coberta de flores.

Fui designado para uma ambulância nas proximidades da avenida Callao, longe dos acontecimentos, ocupado com desmaios e crises de nervos. Sem Firpo, minha tarefa era insignificante e as asas não tinham nenhuma importância. Era muito diferente do que tinha acontecido com De Gaulle. Nem ao menos tinha o privilégio de estar no escritório e acompanhar os acontecimentos de Olivos pelo rádio. Salinas e Villalba foram ao velório, mas não me pediram para acompanhá-los. Puderam entrar no Congresso como funcionários, mostrando as credenciais, sendo poupados de ficar nessa fila que durou a noite toda.

Eu estava ao lado da ambulância, branco e com a cara desconjuntada, enquanto Mussi tratava de me esquentar com uns chimarrões que me embrulhavam o estômago. Queria me esconder para que ninguém dos Olímpicos me visse, porque já tinha encontrado Poggi e ele tinha-me pedido para fazê-lo entrar sem ficar na fila, e eu tive de responder que não podia sair do meu posto.

Não sei se ele acreditou em mim, mas, uns dias depois, passei pelo Arsenal, o clube dos Olímpicos, e, antes da partida de frontão, contei que tinha visto Perón, como quando era criança e me levaram para ver Evita morta: "Entrei graças à credencial, sem ter que ficar na fila. Tinham vindo render meu turno na ambulância, e era quase de madrugada. Mas ainda havia políticos e, quando eu estava ao lado do caixão, alguém tirou uma fotografia. Talvez qualquer dia saia num jornal". Contei isso quando Poggi não estava porque, se não, teria sido difícil mentir.

Os meses iam passando e o destino se tornava incerto. Com a morte de Perón, a estrela de Villalba vinha ascendendo e a de Firpo continuava declinando.

Minha estrela também haveria de mudar diante da morte iminente de tia Elisa. Ela me anunciou: "Sinto que, dentro de pouco tempo, vou morrer. Você tem que procurar uma mulher". Não sabia quanto tempo tinha para procurar; já era pouco o que lhe restava de vida, e, talvez tenha sido isso o que me levou a sair nessa mesma noite.

Firpo, sim, tinha encontrado uma mulher. Antes dele, eu nunca tinha visto um homem tão apaixonado. Tinha pressa de voltar para casa e esquecer das catástrofes que podiam assolar o país: inundações, incêndios, descarrilamentos, barcos naufragados.

Aviões perdidos na Cordilheira podiam cruzar seu caminho para interromper a serenidade cotidiana de sua vida. Eu queria ter um amor como o de Firpo.

Aos dezoito anos, quando entrei em seu gabinete, falou de todas essas coisas e minha vida monótona se transformou de repente. Contei o acidente de carro em que meus pais morreram em algum lugar da Rota 2. Não sabia por que, mas esse homem me inspirava confiança. Como se tivesse esperado dezoito anos para falar com alguém. E lá estava Firpo, detrás da sua mesa, com sua voz e seus gestos de homem do mundo. E, apesar de me sentir tímido e nervoso, compreendi que era disso que eu precisava na minha vida: um homem do mundo.

Nesse tempo me vi sozinho de repente e percebi que não sentia saudade dos meus pais. Minha vida sempre transcorreu alheia a eles. Como à margem, morando com essa tia Elisa, que era como meu pai e minha mãe ao mesmo tempo por eu ser o filho que ela nunca teve.

Morreram na mesma estrada que, anos mais tarde, eu sobrevoaria com o quatro pás durante os meses de verão para transportar acidentados. Era uma carga pesada ter uma vida dependendo de mim; corpos estranhos, talvez tão estranhos quanto os dos meus pais.

Atravessei o bairro dos Olímpicos e procurei os vagões abandonados da estrada de ferro. Num desses vagões morava a Cuca Cuquilla. Eu olhava o futuro na bolinha de vidro que era um dos seus olhos. Tinha o olhar perdido e eu tentava me acomodar diante dessa bola de cristal em que procurava o destino de Villa.

O olho me devolveu um olhar apagado. O Robustiano já não era uma terra de mistério, mas de medo. Tinham aparecido alguns corpos mortos na extensão que ia da Policlínica até os currais. Eram deixados entre o Matadouro e o hospital. "Deve ser para que, se alguém os encontrar, levá-los ao hospital", diziam nos Olímpicos.

Fazia anos que não havia nem vacas nem ovelhas; também já não passava nenhum trem. Os trilhos tinham perdido o brilho, e da velha lagoa só restava um cheiro acre e podre. O Gasômetro me pareceu mais insignificante do que quando eu o via de criança. O Gasômetro era o desvelo de todos nós, já que sempre estávamos tentando captar no ar algum vazamento de gás. Era como se o mundo pudesse nos identificar pela cara tensa, os olhos abertos, as asas do nariz em movimento, rastreando o gás mortífero que nos podia surpreender a qualquer momento. Nós, que vivíamos no bairro dos Olímpicos, podíamos nos reconhecer em qualquer lugar do mundo: uma cara entre o alerta e o espanto. Nossa vida parecia depender da construção de tijolos que se levantava como uma esfinge letal, envolvendo num vapor estranho a terra que chamávamos de Robustiano.

A Cuca Cuquilla estava no meu destino, e a minha vida estava em suas mãos, do mesmo modo que, anos atrás, quando eu era residente no Fiorito, a sua tinha estado nas minhas. O hospital onde a morte aparecia detida num relógio que, desde a minha infância, já marcava uma da tarde.

Uma da tarde não era uma hora qualquer na vida de Avellaneda: era a hora em que anunciaram o fim do mundo. Foi uma vez, à uma da tarde, que se viu aparecer no céu de Domínico o rosto de Evita. As pessoas começaram a chegar em caminhões. Tinham pressa e medo, porque, assim como apareceu de repente, de repente podia desaparecer. Quando chegaram, as nuvens já tinham apagado o rosto. Mesmo assim teve gente que ficou dias esperando.

Essa hora fazia parte da minha vida no caminho para o colégio. Um caminho de relógios que eu devia atravessar. Primeiro, a torre do Provincial, numa estação de trem saída de um filme do velho oeste. Depois, o tempo se detinha no Fiorito. Mais adiante, o relógio da Câmara Municipal marcava a hora exata e me despertava do sonho. Seu tic-tac redobrava no meu coração, que ameaçava pular do peito diante da idéia de chegar tarde à escola...

A morte fulminante estava dentro e fora do hospital. Porque bastava cruzar a calçada para encontrar todos os cães raivosos do mundo: as raças e as cores mais estranhas se misturavam nesse canil. E lá estava Villa, com a morte por fora e com a morte por dentro, tratando de se proteger, mergulhado numa tarefa mais administrativa que assistencial. Organizando históricos clínicos e se perdendo entre o nome de doenças e de sintomas desconhecidos, que não tinha lido em nenhum livro de medicina.

A Cuca Cuquilla tinha posto fogo no corpo. Então era o seu destino que estava sob os meus olhos e ela procurava com medo os meus, porque não sabia o que fazer com a dor que sentia. Todos me conheciam por Villa, e ela também:

— Sentia frio e queria esquentar o corpo por dentro. Tomei álcool puro. Não sei como foi que minha roupa pegou fogo e o vagão começou a queimar. Me esconde, Villa: o pessoal do Gasômetro está me procurando. O do Robustiano também. Me acusam de incendiária. Os guardas-nortunos do Gasômetro andaram me procurando no meio da noite para me matar; dizem que eu podia tê-los feito voar pelos ares.

Não foi um ato de coragem o que me levou a ajudá-la. Eu a entendia porque eu mesmo tinha passado muitos anos tratando de me esconder. Como não ia entendê-la? Era o único sentimento de solidariedade que verdadeiramente podia sentir por alguém. Então, por uns dias, escondi a Cuca no hospital.

Ela nunca se esqueceu disso. Nem mesmo agora, depois que as cicatrizes de algumas queimaduras tinham enrugado a sua cara e o olho de vidro parecia uma bola apagada. Perguntei sobre a mulher de que minha tia me falou. "Já está na sua vida, filho", disse. Depois ficou calada um momento, como que olhando para algum lugar onde via esse rosto, e a descreveu. "Vai ser no ar", disse. Assim percebi que a mulher de que a Cuca me falava e que estava no meu destino era Estela Sayago, a enfermeira de bordo.

— E o trabalho? — perguntei.

— Se afasta do doutor, Villa, se afasta: tem uma carta ruim no caminho dele.

Fui embora pensando em três coisas. Uma: em como fazer Estela Sayago se apaixonar por mim, se é que já não estava apaixonada por outro; duas: se esse doutor de que a Cuca falava era Firpo; e, três: o que é que eu ia fazer se no caminho de volta desse de cara com um cadáver. Como médico devia denunciar o fato, mas nunca quis me meter em política.

Enquanto isso, tia Elisa tricotava pulôveres para mim: era uma maneira de me abrigar da morte. Os pulôveres começavam a se apinhar no guarda-roupa. Isso me fazia recordar os pulôveres de lã bem grossa que Elena tricotava, aqueles com desenhos em estilo alpino, com muita lã e de todas as cores. Tricotava para seu ídolo de rock: Johnny Tedesco. Mas eram outros tempos, era nos 60, e agora estávamos nos 70, e eu tinha que pensar em outra mulher. Tinha que pensar em Estela Sayago e numa maneira de abordá-la.

Pedi à minha tia para tricotar um pulôver para Estela Sayago; era uma maneira de me aproximar. Um dia em que estávamos de plantão, tive a idéia de dizer que precisava das suas medidas, porque eram parecidas às da minha tia, e eu queria comprar um presente para o aniversário dela. Foi assim que minha tia começou a tricotar o pulôver. Quando não tinha um fio entre os dedos, tinha um rosário, e assim ia passando a conta dos dias.

Finalmente surgiu uma oportunidade; não pelo ar, como a Cuca Cuquilla previu, mas por terra. Havia um caixão para ser transportado até Resistência, e Estela Sayago era do Chaco, de uma cidade do interior. Eu tinha viajado muitas vezes à Resistência, só que tomava o *ferry* para ir ver outra mulher, Elena, quando ela morava em Corrientes.

O lugar era Quitilipi, e o morto era um protegido de um protegido de um senador. Pouco a pouco o escritório tinha se transformado fundamentalmente numa sede de assistência social.

Eu era o mensageiro que levava mensagens entre Firpo e Villalba, como se tivessem passado meses e meses falando através de mim.

— Se já têm os votos, para que precisam de mais?

— É parte de uma política de integração com a comunidade —, replicava Villalba.

— Quando há Congresso, a quantidade de senadores, deputados, conselheiros, intendentes com seus protegidos desvirtuam nossa tarefa. Somos transformados em agências funerárias, sabe-se lá o que tem dentro desses caixões. Você já pensou nisso, Villa? — dizia Firpo confidencialmente ao meu ouvido para que Villalba não pudesse ouvir...

Convenci Villalba de que o morto era importante demais para viajar somente com Mussi e que, além disso, Estela Sayago queria viajar para visitar seus pais.

— Tem certeza de que quer acompanhá-lo? — perguntou-me Villalba.

— Tenho.

— Você parece decidido, Villa. Então vá e não ligue para os delírios de Mussi.

— Por favor, senhor Villalba, não se esqueça de avisar o doutor Firpo de que vou me ausentar. Diga que o senhor me autorizou, quero dizer, que o senhor ordenou que eu fosse.

— Claro, Villa, ou você, por um momento, chegou a pensar que me enganei e que dá ordens para si mesmo? Dá para se notar, pelo brilho nos seus olhos, que você está com vontade de viajar.

Talvez seja bom mudar de ares e fazer isso em boa companhia, porque, além de Mussi, Sayago vai também. Não é verdade?

Mussi desceu da ambulância e veio me cumprimentar. Achei que Estela Sayago ficou mais bonita sem uniforme. Sabia que, se queria conquistá-la, tinha que me impor de cara e, por isso, me dirigi enfaticamente ao chofer.

— Mussi...

— Sim?

— Como se chama?

— Quem?

— O homem. Porque é um homem, certo?

— Chama-se Núñez.

— Está com os papéis? Vocês verificaram?

— Sim, eu mesma verifiquei — respondeu Estela Sayago.

— Morreu de quê?

— De parada respiratória, doutor.

—Até parece piada: é disso que todo mundo morre. O doutor Firpo diz que temos que ter cuidado para não fazer papel de isca. O nome da nossa administração é Aviação Sanitária. Nosso negócio é a saúde, não a política — disse, com doçura e firmeza, para Estela Sayago. O que me fez escolhê-la, além do presságio da Cuca Cuquilla, era por me chamar sempre de doutor e respeitar sempre as hierarquias.

— Sempre interpretei desse modo.

— Então, Estela, a viagem será agradável, apesar da carga que levamos.

A partir desse momento, comecei a chamá-la pelo nome.

Foi uma viagem agradável. Estela Sayago contou alguns casos da Escola de Enfermagem e descreveu os sapos gigantes que havia em Quitilipi. Mussi, que era amigo de quase todos os *Titãs no ringue*, contou-nos algumas histórias da Múmia e de Mister Chile, inclusive sobre os dedos magnéticos do Índio Comanche que viajava para imantá-los numa placa oculta em um lugar secreto. Também falou da morte do seu amigo Jean Pierre, o Beatle, o lutador francês, uma morte obscura por razões políticas, que ninguém investigou porque ele não tinha influências. Eu mostrei uma foto em Paso de la Patria, na temporada de pesca do dourado, onde aparecia com Firpo, que tinha pescado um enorme dourado. Fiz notar que na foto eu segurava sua bolsa com os equipamentos de pesca. Foi numa viagem que fizemos durante o governo dos radicais.

A cidade chamava-se Roca e ficava no limite da fronteira com Formosa. Um conjunto de casas, manchas verdes que meus olhos inexperientes confundiam com pastagens e campos cultivados. Um armazém — não tinha nem sequer um hotelzinho — e, quase à saída, uma pequena fábrica de cítricos serviam para alimentar a cidade toda.

Perguntamos por Núñez ao primeiro homem que encontramos pelo caminho. Disse que não o conhecia.

— Se algum dia morou por aqui, já faz tempo que foi embora. Tem certeza de que era desta cidade?

— Aqui estão os papéis.

— Sim, mas temos que ir ao farmacêutico, que sabe ler.

Olhavam-nos com desconfiança; queríamos deixar um morto

que não era deles. Ninguém fica com um morto assim, sem mais nem menos. Trabalhar com Lopresti tinha feito eu me esquecer de uma questão simples e elementar: cada um enterra seus próprios mortos. Lopresti sempre dizia a mesma coisa: "Com os papéis, doutor, não tem problema, arrumamos isso depois, quando o senhor assinar o atestado de óbito".

Fomos até a farmácia e Maldonado — esse era o nome do farmacêutico — leu os papéis.

— Pelos papéis é um afilhado político de dona Encarnação — disse, com a segurança que ser o doutor do lugar lhe outorgava; segurança que, por um momento, cheguei a invejar e até pensei que era isso o que eu devia fazer: ir para o interior. Todos me respeitariam e eu poderia esquecer-me dos outros.

Começamos a lenta caminhada até a casa de Encarnação, a passos largos, porque quem nos guiava não queria subir na ambulância. Eu tinha medo de ir entregar o corpo de um afilhado à sua madrinha e de pensar que, algum dia, poderia ser o corpo de Villa que fossem entregar à sua tia e, ao mesmo tempo, me perguntava desde quando os dias tinham deixado de ser felizes. Dias em que reinava a harmonia sob o olhar sereno de Firpo, onde cada coisa estava em seu lugar.

Encarnação não se surpreendeu com a nossa chegada. É bem verdade que o homem que nos acompanhava — e que ela chamou de Reynoso — adiantou-se para explicar-lhe o que estava acontecendo; mas já havia nela uma resignação anterior que a vida dá com a idade.

Ficamos na entrada enquanto eles conversavam lá dentro. Encarnação saiu, pediu para abrirmos a porta da ambulância, olhou para o caixão, tocou-o e disse:

— Não tem cruz.

— Foi de urgência, senhora, nós não cuidamos disso, foi a funerária — disse-lhe, entre a desculpa e o consolo.

Voltaram a entrar na casa, e dava para escutar sua conversa. Eu me perguntei o que fazia transportando caixões nesse lugar do mundo e lembrei que meu objetivo principal era poder estar a sós com Estela e que em algum momento, quando fiquei sabendo que o morto era um afilhado, senti um ligeiro tremor no corpo; então ela apertou a minha mão e disse: "É porque tem o mesmo nome que o senhor, doutor, é porque se chama Carlos". Eu não tinha percebido, mas não sabia se devia lhe agradecer; o que ela me disse me fez mergulhar em presságios cada vez mais sombrios. A verdade é que fiquei segurando sua mão longamente e me senti feliz, porque ela não a soltou.

Reynoso voltou a sair e a coisa já parecia uma peça de teatro. Mussi começava a reclamar do calor e da hora em que tínhamos que voltar a Resistência.

— A senhora é chaquenha? — Reynoso perguntou a Estela. Com certeza o sotaque o fazia suspeitar de que fossem do mesmo lugar.

— Sou.

— Olhe, Encarnação já não tem parentes. Alguns foram embora e a maioria morreu. O cemitério está a dez quilômetros. Poderíamos pedir um veículo para os donos da fábrica, mas ela está brigada com eles, porque uma vez despediram um parente seu. A outra pessoa é o farmacêutico, que tem uma Rural, mas ela não tem coragem de pedir favores, porque há muito tempo ele lhe dá remédios que ela não pode pagar.

— Então o que ela quer que façamos? — perguntou Estela.

— Poderiam levá-lo até o cemitério?

Dei por mim caminhando a passos largos detrás da ambulância. Carregava um ramo de flores, flores desconhecidas que não sabia como tinham chegado até as minhas mãos. Tínhamos virado um cortejo fúnebre. Reynoso ia a cavalo e dona Encarnação na cabine da ambulância, ao lado de Mussi e de Estela. Um menino ia de bicicleta, e duas mulheres da idade de Encarnação viajavam numa charrete que se juntou ao grupo em alguma parte do caminho e à qual subi.

Quando Maldonado, o farmacêutico, soube que eu era médico, alcançou-nos com o carro e me pediu encarecidamente para subir com ele à Rural.

— Estando de carro, não posso permitir que um doutor viaje numa charrete — disse, de um jeito que me convenceu, porque olhei para Estela e ela fez um gesto afirmando que Maldonado tinha razão.

Perto do cemitério havia uma igrejinha onde paramos. O velho padre fez um pequeno sermão.

Enquanto isso, Reynoso galopou, adiantando-se para avisar a pessoa que cuidava do cemitério que se encarregasse de cavar a sepultura. Mussi se aproximou e me disse ao ouvido:

— Só falta termos que fazer a cova também.

O cemitério era uns poucos túmulos. Contudo, havia dois jazigos: um que reconheci como sendo da família Maldonado e o outro de Cantorini. Fiquei sabendo, pelo farmacêutico, que era dos donos da fábrica e que tinham uma casa fora da cidade. Estava convidado a tomar um chá. Agradeci, mas disse que não, porque devíamos regressar a Resistência.

A cerimônia foi breve. Tivemos que dar uma mão a Reynoso, a Mussi, ao menino da bicicleta e ao zelador do cemitério para levar o caixão por uns metros. Depois foi o golpe seco ao cair na terra, porque não havia cordas, e a terra quase vermelha foi cobrindo o caixão enquanto Reynoso improvisava com duas tábuas uma cruz de madeira que ficou cravada nessa terra que cobriu Núñez.

Na viagem de volta, conversamos pouco. Nem mesmo as piadas de Mussi conseguiram mudar nosso humor. Estela voltou a segurar minha mão outra vez, e não a soltou durante o resto da viagem. Como estava previsto, Mussi iria levá-la a Quitilipi e eu iria de balsa até Corrientes, onde tinha amigos me esperando. Estela perguntou se eu não queria acompanhá-los. Eu disse que preferia fazer as coisas como o planejado. Na verdade, ia atravessar o rio de balsa, como tinha feito há dez anos para ver Elena, quando ela vivia em Corrientes. E agora, apesar de saber que ela já não estava lá, era uma maneira de despedir-me dela para me entregar definitivamente às mãos de Estela Sayago.

Enquanto cruzava o rio, tinha o rosto de Estela se despedindo no cais e, à medida que o *ferry* se aproximava da outra margem, lembrava de Elena me esperando com o cabelo comprido caindo sobre os ombros, e do seu corpo, que atraía os olhares dos homens.

Por que acabou indo morar em Corrientes era parte da sua história e era parte da história do seu pai. Tínhamos vinte anos, não podíamos decidir muita coisa; sem dinheiro muito poucas coisas podem ser decididas. Tinham oferecido ao pai o posto de secretário de redação do jornal *El liberal*. Em Buenos Aires, já não lhe restava nada para fazer; o álcool e a política fizeram com que ele perdesse quase tudo. Em Corrientes teria uma nova chance.

Eu a conheci numa greve de estudantes. Foi então que ouvi a palavra "capacho" pela primeira vez. Gritaram para mim e o grito fez minha cara queimar. Mas eu não poderia dizer que era de vergonha. Era um sentimento entre o estupor e o medo. Foi no final do verão de 63.

Estava no quinto ano do secundário e nessa greve de estudantes eu era um fura-greve. Deve ter sido a única época da minha vida em que tive coragem para alguma coisa.

Elena também estava entrando para o colégio. Tinha perdido um ano por causa das mudanças, da falta de dinheiro, da indolência. Tinha pressa de entrar em medicina e queria ingressar enquanto cursava o último ano.

Perto do Crámer, o clube onde, meses mais tarde, dançando, trocamos medalhas, cercaram-na e queriam cortar seu cabelo. Ela teve como que um ataque de loucura e começou a gritar: "O cabelo não, o cabelo não". Gritou tanto que a deixaram ir, só que a cobriram de insultos e de penas que colaram com breu no seu vestido. Chegou à escola chorando, sem poder emitir palavra, e esses olhos chorosos, essa fragilidade no corpo fez com que eu me aproximasse.

Foi assim que nos conhecemos e assim ela entrou essa noite na aula de literatura e na minha vida. Palácios, o professor, desprezava-nos porque éramos "capachos"; mas, talvez, desprezasse a si mesmo por estar dando aula.

A escola se chamava José Hernández, e Palácios falava do *Martín Fierro*, falava das façanhas do personagem, enquanto o poema se tornava uma coisa distante, uma história alheia de índios e compadres e de um campo que nunca tinha visto.

Como eram os primeiros dias de aula, foi perguntando o nome dos alunos. Já me conhecia do ano anterior, mas Elena era uma cara nova. Então perguntou o sobrenome da única moça da classe. "Espinel", respondeu ela, e foi a primeira vez que escutei a sua voz.

Aí começou nosso namoro e continuou até o fim desse ano em que seu pai teve que ir para *El Liberal* de Corrientes. Ele foi primeiro; depois foi a família, que mudou de casa, do que sobrava de uma Anahid, uma pré-fabricada, enxertada no meio de outras casas de alvenaria num quarteirão que estava longe de ser pobre.

A casa era estranha como Elena, que dançava rock apesar de querer dançar ballet. Uma vez me levou ao teatro Roma para ver *A sagração da primavera*, quando todos iam dançar no Automóvel Clube. Nunca tinha entrado no teatro, apesar de estar no coração de Avellaneda. Fazia parte de outra vida: o mundo das mulheres, distante do mundo dos moscas. Era uma música que eu nunca tinha escutado. Guardei segredo, porque fiquei com vergonha de que soubessem que eu ia ver ballet.

Sua última noite em Buenos Aires foi como o final de alguma coisa. Decidiram empacotar as coisas em caixotes feitos com a madeira da casa. Seus irmãos, junto com o seu ex-namorado, um homem dos frigoríficos, começaram a desmontar a casa. Pouco a pouco foram serrando parte das paredes, e a casa foi perdendo seus ambientes e tudo se transformou num espaço único com um piso de madeira que parecia uma pista.

Então o ex-namorado convidou Elena para dançar, e dançar deixava Elena louca, e ela não via mal nenhum em dançar e, então, me disse: "Dançar é uma coisa e amar é outra". E dançaram o *rock and roll* ao compasso dos golpes que os irmãos davam enquanto se dedicavam a pregar os caixotes e enchê-los com uma grande quantidade de livros que o pai tinha que levar, porque para trabalhar precisava de uma biblioteca.

Ela também, como Estela Sayago, tinha um pulôver feito pela minha tia. E as meia-medalhas brilhavam na noite enquanto chegava o amanhecer e o ex-namorado carregava tudo no caminhão frigorífico e eu estava retesado nessa câmara gelada e ele na cabine com Elena e a mãe. E me lembrei de que apenas umas horas antes eu também caminhava atrás de um cortejo até que as senhoras me convidaram a subir na charrete e depois Maldonado me pediu para acompanhá-lo na Rural. Como se sempre estivesse andando fora de lugar.

Quando o *ferry* atracou, toda a paisagem desabou sobre mim de repente. Os uniformes dos homens da Capitania dos Portos que controlavam os passageiros que desciam da balsa voltaram a me intimidar como da primeira vez, e até pensei ter visto Elena chegar de bicicleta, apressada, como sempre, para não perder esse instante do reencontro, que era o melhor, já que, depois, começava uma série de recriminações mútuas, de ciúmes que nos envolviam e que iam aumentando durante os dias em que estávamos juntos. Até que, ao aproximar-se a hora de partir, outra vez começávamos a sentir saudades e a deixar de lado os pequenos detalhes para falar das grandes coisas que havia entre nós.

Caminhei primeiro até o edifício do velho jornal *El Liberal*, onde me tinha sentido importante por ser o namorado da filha do secretário de redação. Todos me cumprimentavam, até que Espinel foi caindo em descrédito, por ser peronista e porque não parava de beber.

Estive horas vagando pelas ruas dessa cidade católica e preconceituosa, mas, ao mesmo tempo, cheia de sensualidade e de exuberância, onde tudo era exagerado. Na verdade, menti para Mussi e para Sayago: não tinha nem nunca tive nenhum amigo naquele lugar. Recordei aqueles dias de um verão interminável em que o sol rachava a terra e não tínhamos um tostão. Ia fazer dezenove anos, estava sem trabalho e nem ao menos tinha terminado o secundário. Foi aí que chegou um telegrama da minha tia avisando que havia um posto no ministério esperando por mim. Sem saber ainda que, meses depois, conheceria o homem que ia mudar a minha vida. Firpo estava me esperando para me levar com ele através do céu, transformado em auxiliar de bordo de um avião chamado *Natividad*.

Quando, dez anos atrás, recebi uma carta de Elena com uma

fotografia, rasguei. Essa não era Elena, o cabelo era curto e de outra cor. Alguma coisa muito séria devia ter acontecido para ela ter tomado essa decisão; cortar o cabelo não era uma coisa qualquer em sua vida. Talvez eu tenha me lembrado da história por estar caminhando pela praia: na carta ela me falava do homem da Capitania dos Portos que a tinha seguido.

Numa das minhas primeiras viagens, caminhávamos de mãos dadas, ansiosos por encontrar algum lugar para nos esconder. Eu tinha chegado no dia anterior, depois de um longo percurso de caminhão, e quase não tínhamos podido nos beijar, presos entre a loucura moral do pai, o medo da mãe e os preconceitos dessa cidade.

Na cidade não havia motéis, só algum hotel na estrada, mas não tínhamos carro para chegar até lá. Então, procuramos um lugar deserto. Encontramos uma espécie de subida entre as árvores que nos levou até umas rochas ou pedras onde pudemos nos esconder. Eram seis horas da tarde e ainda ia demorar para o sol se pôr, mas, quando a gente quer se esconder, não sabe direito onde fazê-lo.

Começamos a nos beijar e, depois de tanto tempo, comecei a despi-la como na primeira vez e, quando me inclinei sobre o seu ventre, perdi a cabeça. Quando a levantei para voltar a respirar, vi três homens da Capitania dos Portos que estavam olhando para nós. Fiquei paralisado; quando reagi, disse para Elena se vestir e irmos embora. Ela não entendeu. Então, eu disse: "Não olhe para trás", e começamos a procurar a outra saída da praia.

Os guardas estavam nos esperando no final do caminho. Logo começaram a nos interrogar e a pedir documentos. Acusavam-nos de corromper a cidade com esses espetáculos em público. "Como se atreve? Essa senhorita é a filha do secretário de redação do *El Liberal*", disse, me amparando no cargo do pai, mas percebendo que minhas palavras careciam de peso. Um deles pareceu não se amedrontar e me respondeu: "Bem, vou contar para o pai o que a filha anda fazendo pela rua. Quer que eu diga para ele qual é a cor da calcinha da senhorita?".

Eu fiquei fulminado, e Elena começou a chorar como louca e a implorar-lhe para não contar ao pai. E entre eles se estabeleceu um diálogo mudo feito de choro, suspiros entrecortados e olhares, até que o homem disse: "Desta vez podem ir embora. Mas lembrem-se de que não queremos portenhos que nos tragam maus costumes".

Na carta, Elena me contava que o homem da Capitania dos Portos começou a segui-la de bicicleta. Até esse momento, nunca lhe tinha dirigido a palavra, mas já tinha localizado onde morava e a esperava de manhã, quando ela ia para a aula de datilografia. Por isso decidiu cortar e tingir o cabelo.

Precisava tirá-la desse lugar, e o destino me deu a possibilidade de fazê-lo. Por uns meses não voltamos a nos ver, até que comecei a trabalhar de auxiliar de bordo. A primeira viagem foi com o ministro Oñativia à cidade de Corrientes, e também foi o meu primeiro vôo com Firpo. Aliás, o primeiro vôo da minha vida. Firpo tinha medo de que eu me sentisse mal, mas voltar a ver Elena me sustentava no ar.

A comitiva tinha quartos reservados no Hotel de Turismo, um hotel luxuoso e decadente, onde me hospedei. Daí, com um carro oficial, negro e brilhante, cheguei até a pensão para buscar Elena. Eu me sentia como Deus e isso eu devia ao homem do alfinete de gravata com cabeça de cavalo, tal como passei a chamá-lo, com os meus botões, desde que o conheci. Apresentei-a a Firpo: "Esta é Elena". Na verdade, primeiro disse a ela: "Este é o famoso doutor Firpo".

Assim foram passando os meses desse ano: o pai que ia à falência, as remessas de dinheiro que eu mandava regularmente. Para ela era impossível voltar a Buenos Aires, porque sempre esteve disposta a seguir o destino desses pais, que, por sua vez, estavam dispostos a sacrificá-la. Até que a coisa não deu mais, e foi quando despediram o pai do jornal. Então decidi ir buscá-la e, para isso, organizei uma viagem de transporte de doentes. Aí voltamos a ter uma noite de mudança. Consegui para eles uma casa de aluguel no bairro dos Olímpicos, uma casa perto da outra. E essa proximidade não foi o sonho que eu tinha sonhado, mas sim o começo de um pesadelo.

Elena e eu chegamos a ficar noivos. Nessa pequena reunião, ela conheceu Villalba. Às meias medalhas juntamos duas alianças com os nomes gravados e uma data. Na verdade, o noivado veio a selar uma união que, tirando a cama, parecia ir desmoronando a cada instante. E tinha a loucura moral do pai e a bebida que o tragava cada vez mais. E tinha a mãe que parecia ter encontrado um amante entre os Olímpicos jovens. E Elena não podia escapar desse destino, porque o trabalho que eu lhe arrumei servia para mantê-los.

Esse homem tinha uma verdadeira obsessão pela filha. Pela mulher também. Sem dúvida, se amavam tanto quanto se odiavam. Eu provinha de um lugar muito diferente, uma frieza e uma formalidade que criavam uma barreira contra as pessoas. Só Elena conseguia transpor essa barreira, mas nosso caso se complicava cada vez mais. Eu, quase sem querer, e por causa daquelas palavras de Firpo, dei por mim estudando medicina. Pelas exigências do seu trabalho, Elena não conseguia ingressar no curso e isso foi criando ressentimento entre nós.

Além disso, essa mulher despertava em mim um ciúme doentio. Tinha ciúme dela com seu chefe, com seus colegas de escritório. É verdade que ela tinha uma maneira de dançar... Em todos esses anos, eu nunca perguntei como tinha aprendido a dançar. Como tinha sido a primeira vez? Diante do espelho? Assistindo uma comédia musical? Alguns dançam como se tivessem vindo ao mundo dançando. Para mim dançar era tão difícil quanto trepar. O Polaco, em compensação, dançava rock no Crámer ou no Automóvel Clube, enquanto eu me escondia atrás dele.

Foi aí que comecei os cursos de hipnotismo por correspondência para tentar hipnotizar as mulheres. Li numa revista o anúncio de um mágico; era um olhar, só um olhar, um magnetismo. Uma energia que eu tinha que exercer. Esse magnetismo dava força à cabeça como um ímã e fazia com que permanecesse erguida como a de um soldado. Quando perdia o magnetismo, minha cabeça bamboleava e eu parecia um fracote, e não tinha nada pior que um fracote. Nos bailes, tratava de pôr em prática a lição do mágico. Mas acontece que era Elena que me tinha hipnotizado. Eu a atormentava com meu ciúme e ela começou a se cansar. As cenas começaram a ficar cada vez mais freqüentes e eu a olhava fixo, querendo exercer sobre ela um poder que já não tinha.

As circunstâncias também não ajudaram. Firpo, que me queria por perto para alternar o serviço militar com o escritório, pensou em recorrer a uma ordenança existente na Defesa Nacional que me permitiria ficar comissionado na Aviação Sanitária. Mas nada disso aconteceu. Aterrizei no Campo de Mayo e fui um soldado raso e estive um mês sem sair. Até que, chorando, fui ver o tenente para pedir uma permissão de saída. Ao me ver tão desesperado, perguntou: "Por que tanta pressa e desespero para sair, soldado?". Quando disse que era por ciúme, por medo de que minha noiva me enganasse, olhou para mim e disse: "Você deveria ter mais orgulho, soldado". E me negou a permissão.

Então virei mosca do chefe de companhia, do capitão Dossi, que participou das Olimpíadas de Tóquio. Quando era o seu mosca predileto, até me emprestava a sua capa e eu me envolvia com ela para voar para fora do quartel.

À medida que passavam os meses, ia ficando mais louco, tinha cada vez mais ciúme, e até cheguei a segui-la pelas ruas. Esperava por ela à saída do escritório e a vigiava. E, se a via falando com um colega, sofria. Eu a observava caminhar e a imaginava dançando. E a censurava por essa virgindade que ela nunca me tinha dado.

Então terminei por enganá-la com uma colega da faculdade; quase me exibi diante dela para que pudesse me ver; mas, como em quase todas as coisas, sem perceber. Mas ela me viu. Nos cruzamos no Obelisco. Eu disse para mim mesmo: "É o acaso". Nessa mesma tarde, ela atirou as alianças no rio.

Depois só nos vimos uma vez, quando falamos sobre o que aconteceu e ela me disse que estava tudo terminado. Então acabou de verdade, e era um sofrimento morar tão perto, porque até a ouvia cantar e, às vezes, rir. Desapareci do bairro. Só ia à noite e me dediquei a estudar para me formar em medicina. "Nunca mais pode acontecer de novo", dizia. Um dia fiquei sabendo que estava noiva. No outro, que estava para se casar. Nunca quis saber com quem.

Tudo isso eu recordava enquanto o *ferry* deixava para trás Corrientes, e eu tirava a areia dos pés, tentando calcular quando estaríamos de volta a Buenos Aires e se Sayago estaria me esperando no porto.

Sim, os dois estavam me esperando. Mussi fazendo sinais de que já tinha que sair e Estela Sayago me dando as boas-vindas.

— Que tal a viagem? E os amigos?

— Como sempre, como se o tempo não tivesse passado. Às vezes, penso que só passa para mim — enquanto dizia isso, me enchia de remorso, pensando que não devia começar mentindo. Mas o que ia dizer?

— E a sua família? — perguntei, verdadeiramente interessado.

— Bem, muito bem. Sempre fico com vontade de ficar.

— Você ficaria? Voltaria a morar na sua cidade?

— Não sei, de vez em quando penso que sim. Se bem que, às vezes, parece chato. Há uma tranqüilidade profunda nas coisas que você pode apalpar e até perceber.

— É estranho, eu sempre quis sair de onde vim.

— Que pena que você não veio! Talvez assim pudesse me entender.

— Eu teria me sentido como um intruso.

— Ao contrário, perguntaram muito de você.

— De mim?

— Bom, eu falei, contei coisas.

— O que é que você disse?

— Disse que você era médico.

Voltei a pegar na sua mão como na viagem de ida, e acho que só soltei quando notei que a pressão da minha mão estava machucando-a. Ela tinha dormido sobre o meu ombro e a ouvi lançar um suave gemido.

Começamos com um funeral e terminamos com um casamento. Assim eram as coisas por esses tempos. Enquanto isso, tia Elisa preparava o enxoval para a noiva. Estava com pressa, a vida que lhe restava a apressava.

Ao mesmo tempo, eu me debatia pensando quem seriam as testemunhas e o padrinho. Finalmente escolhi Firpo para padrinho e a mulher de Villalba, a madrinha. Íamos nos casar em Morón, onde moravam Estela e seus parentes. Villalba também morava lá. Finalmente consegui resolver uma questão que me preocupava e que era como satisfazer aos dois ao mesmo tempo.

Era como se o casamento que estava por vir simbolizasse uma harmonia que começou no escritório. Talvez tivesse que ver com uma licença que Salinas tirou por doença e, desse modo, nominalmente, Firpo voltava a ser o diretor. Portanto, sua mesa se encheu de papéis que ele tinha que assinar, apesar de tudo estar datilografado por Villalba. E pontualmente às sete Firpo voltou a dispor do seu carro.

Todas as noites o automóvel do ministério levava Villalba até Morón, e ele levava também Estela. Eu costumava acompanhá-los e não sei se era por esse motivo que ela achava Villalba mais simpático que Firpo. Dizia:

— Acho que o doutor é rebuscado demais. Às vezes, não entendo o que ele diz e parece que está fora do tempo. Enquanto que Villalba é mais realista, mais prático. Não se pode ir contra a corrente.

Suas palavras me causavam um certo desgosto e a opinião que tinha sobre Firpo me fazia duvidar de ter tomado a decisão correta, de que era a mulher apropriada para mim. É que minha tia não me deu muito tempo. Por outro lado, quando íamos no carro e segurava a sua mão, me sentia seguro. Com ela nunca eu sentia ciúme, e me sentia mais tranqüilo por ela não gostar de dançar.

Entretanto, não podia tirar Elena da cabeça. Sempre tinha alguma coisa que a trazia de volta. É verdade que ela estava no coração de Avellaneda e, quando passava por Crámer, me lembrava do dia em que dançamos pela primeira vez e também do dia em que, em La Real, contei que tinha trabalhado como mosca.

Por esses dias, surgiu uma coisa que não estava prevista e que fazia anos que não me acontecia. Um sábado à noite em que estava de plantão me ligaram do ministério dizendo para eu me apresentar e atender a uma octogenária que era mãe de um dos secretários de Estado. Subi na ambulância, acompanhado não por Mussi mas por Otero, o outro chofer que era chaquenho como Estela Sayago, só que de outra cidade. Costumava pedir-me alguns favores como emitir atestados sobre doenças inexistentes que ele apresentava no seu outro trabalho em Obras Sanitárias. Ele, por sua vez, retribuía me levando algumas vezes com o carro do ministério até Avellaneda. Tínhamos uma relação amistosa. Algumas vezes tínhamos conversado sobre mulheres, e ele até chegou a atender a ligação de alguma que eu não queria atender.

Essa noite fomos até o bairro de Belgrano e entramos juntos num apartamento que, apesar de ser pequeno, pareceu-me imenso por ter quadros e tapeçarias muito valiosos. A pompa irradiada por cada objeto me intimidava. A octogenária estava com uma espécie de dama de companhia. Quando a auscultei, percebi que estava morrendo; qualquer um teria percebido. Tive um leve tremor, não sabia como fazer para contar ao secretário que sua mãe estava morrendo. Otero, que observou o meu tremor, aproximou-se e me disse ao ouvido:

— Não se preocupe, Villa, ele não deve se importar muito com a mãe, se não o secretário estaria aqui com ela. Pense bem: ele não se importa, se não, não teria chamado você.

Senti que ele estava me acalmando e me ofendendo ao mesmo tempo. Como um chofer se atrevia a falar assim comigo? E as hierarquias? É preciso fazer com que sejam respeitadas, e eu não podia. Senti um profundo ressentimento contra Otero e disse:

— Vá avisar o secretário o que está acontecendo.

— Mas eu sou o chofer — respondeu, surpreso.

Sua resposta me desconcertou e eu disse:

— Então, que o operador de plantão avise. Mande usar o telefone da polícia, que se comunica diretamente com a casa do secretário.

Por eu ter ficado cuidando desses assuntos, a octogenária morreu nos braços da dama de companhia. "Eu fui a pessoa que mais ficou ao seu lado durante todos esses anos", disse a Otero e a mim enquanto esperávamos o secretário. Quando ele entrou, me apresentei e disse:

— Lamento, sua mãe acaba de falecer.

— Foi o que pensei, já que me chamaram a estas horas da noite. Como o senhor disse que se chama, doutor? Vou precisar que me expeça o atestado de óbito.

— Villa, senhor, doutor Villa.

— Quanto tempo faz que aconteceu?

— Ainda não faz nem uma hora.

— Doutor, poderia se encarregar dos trâmites funerários? Eu tenho que cuidar dos assuntos de família.

— Sim, senhor, claro.

— Obrigado, doutor... Villa, não?

— Sim, senhor, Villa, doutor Villa.

— Isso será levado em conta. Direi a Salinas para fazer uma menção na sua folha de serviços para as avaliações anuais.

— Obrigado, senhor.

À noite, cuidamos com Otero dos trâmites da funerária. Assinei o atestado de óbito depois de colocar como causa da morte: "parada respiratória traumática". E me senti aliviado, porque a minha função terminava ali. Mas não a noite, a noite não. Otero tinha ficado mordido e, quando íamos caminhando para a ambulância, disse:

— Villa, lembra de mim?

Olhei para ele sem saber do que estava falando. Pensei em pedir desculpas. Afinal, já compartilhamos tantos plantões e, por mais de uma vez, como nessa noite, ele me tirou de um apuro.

— Repito, Villa: lembra de mim?

Sua pergunta me remetia a algum lugar anterior ao ministério. Olhei para ele e todo o céu de Corrientes me veio de repente à cabeça.

— Faz tempo que te reconheci, mas não me decidia a te dizer nada. Agora, Villa, você é um doutor; antes, era um moleque assustado. Mas hoje te vi tremer como daquela vez.

Otero era um daqueles homens da Capitania dos Portos, mais precisamente o chefe. Eu queria odiá-lo e não podia; durante esse tempo, tinha nascido um certo apreço entre os dois. Ele parecia se divertir:

— E a moça, você a perdeu de vista? Que pena, Villa, porque era mais bonita que a Sayago.

— É isso que eu estou tentando fazer, Otero, perdê-la de vista para sempre. Só que você vem com essa brincadeira de mal gosto...

— Mas você se lembrava da minha cara?

— Sim, Otero, agora me lembro. Não sei como fiz para esquecê-la durante todos esses anos.

— Agora, casando, você tem que se comportar bem, Villa.

— É, Otero, tenho que me comportar bem.

— E me diga uma coisa: Otero estava na lista de convidados, ou não tinha essa honra?

— Eu já tinha posto você, Otero. Além disso, Estela me disse para te incluir.

— Obrigado, doutor. Pode contar com Otero.

O casamento foi realizado na igreja de Morón, e a festa no salão da Luz e Força. Toda a Aviação Sanitária estava lá. Do bairro dos Olímpicos, somente algumas vizinhas da minha tia. Dos meus amigos, só veio o Polaco, que finalmente consegui encontrar depois de uma longa busca que começou na sede do Racing, entre os jogadores de frontão, e terminou na velha fábrica de sucata que ele tinha com a família. Como de costume, foi muito claro: "Villa, eu não gosto dessa gente com quem você anda. Você sabe do que estou falando, o pessoal do ministério. Estão acontecendo coisas pesadas no país. Tem gente que desaparece e dizem que a central de operações é esse ministério. Villalba é de quem menos eu gosto, e o outro, o doutor de quem às vezes você me fala, acho que se chama Firpo, parece que não tem nenhum poder".

Respondi que meu trabalho era sanitário, que eu não tinha nada a ver com mortos nem com coisas estranhas, que todos lá eram funcionários ou empregados de carreira. Minha resposta me fez pensar que não voltaria a vê-lo e me perguntei por que perdia de vista as pessoas de quem gostava.

Estela Sayago dançava com Villalba. Estava feliz com seu vestido de noiva. Firpo esteve na cerimônia religiosa e na festa ficou apenas uns minutos, para brindar. Mussi, com raiva porque tinha que levá-lo de volta para a capital: "Sempre nos considerou como estranhos no ninho. Veio por obrigação".

As palavras de Mussi me feriram, mas não diminuíram o que eu sentia por Firpo. Por outro lado, gostaria de perguntar a Mussi de que ninho era eu.

Não houve noite de núpcias, porque o avião saía muito cedo para Bariloche. As passagens foram o presente de Firpo, a estadia era o produto da coleta feita no escritório, enquanto que Villalba me deu de presente uma máquina de lavar roupas: "Uma coisa sólida, que dura muitos anos", disse-me, quase em tom de conselho.

Esses dias no sul passaram rápido. Entreguei-me à ternura de Estela. Mas o encontro dos nossos corpos não me fez esquecer a minha principal preocupação: o que ia acontecer no ministério? Ela me disse uma frase parecida à do Polaco, só que achei que dizia com outra intenção: "O que acontecer no ministério terá a ver com o que acontecer no país, e vice-versa". Gostava de raciocínios em que pudesse empregar a palavra vice-versa. Tudo tão simples e elementar, como uma capa dupla-face. Tudo se resumia a que, num instante, o mundo podia ser contemplado nessa solução da reversibilidade que lhe dava uma harmonia perfeita. A mesma serenidade que sentia quando ficávamos olhando o entardecer diante do lago Gutiérrez e ela me dava a mão. Então, as montanhas cobertas de neve, assim como minha carreira, não me pareciam tão inatingíveis.

Numa dessas conversas que tínhamos durante o jantar, eu disse:

— Lembra do que eu te perguntei daquela vez, naquela cidadezinha? Como se chamava?

— Roca, mas na verdade não me lembro do que você me perguntou.

— Se você voltaria a Quitilipi para sempre.

— Eu te disse que às vezes achava que sim, outras que não. Mas o que é que está te preocupando?

— Minha carreira. Preciso de tempo para subir.

— O que é que você pretende? O lugar de Villalba?

— Ele não é médico.

— O de Firpo?

— Isso é demais para mim. Não gosto de dirigir, prefiro estar ao lado de um figurão e ser seu homem de confiança.

— Você está pensando que, se tranferissem Firpo, você iria com ele.

— Não poderia abandoná-lo.

— Sabe que não estou de acordo.

— É a segunda mulher que me diz a mesma coisa.

— A segunda? E quem é a outra?

— Uma adivinha, ou melhor, uma vidente. Uma mulher do meu bairro que me conhece desde criança.

— Você é bem capaz de não dar ouvidos a ela; seu sentimento de obrigação para com Firpo é muito forte.

— Por que de obrigação?

— Eu não sei, mas suponho; não parece ser de gratidão. É alguma coisa que vem de mais atrás, de mais de dentro. Pelo menos eu tenho essa intuição.

— Talvez não seja outra coisa que a cabeça de cavalo.

— Que cabeça de cavalo?

— Você nunca viu o alfinete de gravata que ele usa? É uma cabeça de cavalo.

— Sim, e o que isso significa?

— É bonita.

— Eu acho *demodée*.

Desviei o olhar. Toda vez na vida que tinha vontade de bater em alguém, desviava o olhar. Dessa vez, desviei até a asa de um anjo que se formava numa montanha. E a minha vida não ia ser isso, uma asa de anjo, uma miragem por onde você acredita que caminha em segurança e, de repente, é um vidro que se racha? Ela percebeu minha reação e disse:

— Nunca te vi assim. Parece um estranho.

Depois, segurei sua mão e confiei que, se alguém pudesse lê-la, encontraria em suas linhas um destino seguro. Um casal com filhos, um lar feliz, uma vida sem sobressaltos, como lhe disseram uma vez. E ela ia pelo mundo acreditando nisso. E, quando segurava a minha mão, eu também acabava acreditando.

Os pressentimentos que tive em Bariloche não foram descabidos. Salinas, recuperado da hepatite, voltou a assumir a direção. E isso se fez sentir não só sobre Firpo, mas também sobre o resto do pessoal. Como se quisesse recuperar o tempo perdido, retomar o controle de todo o tempo em que esteve ausente. Com Salinas retornaram os seguranças, o subtenente reformado Martínez, o subinspetor Aguirre, que tinha um contrato com a parte de telecomunicações. A verdade é que as escopetas Itaka e as quarenta e cinco voltaram a aparecer ante o olhar impávido dos empregados, que, outra vez, tivemos de nos acostumar mansamente com esses objetos que, por um tempo, estiveram fora da nossa vida e da nossa circulação. Não sei se o nosso caso era de resignação ou de aceitação medrosa, e sentia medo de mim mesmo porque me levava a uma indiferença tão absoluta, que faziam essas armas tornarem-se abstratas, despidas da sua função real. E, apesar de, às vezes, serem controladas e limpas diante dos nossos olhos, não pensávamos que era para matar e olhávamos o "*service*" como se se tratasse de um aspirador ou de qualquer outro eletrodoméstico. Só Firpo se opunha, e quase por uma questão de estética. Ele mesmo dizia: "Olhe, Villa, na minha carreira e na minha especialidade, tive que abrir corpos com o bisturi, e meu pulso não tremeu; inclusive pratiquei caça maior e menor. Mas cada coisa em seu lugar. Isto aqui parece um antro, não um departamento de aviação. Nessa foto, Onganía[11] está inaugurando a rede sanitária entre Buenos Aires e o resto do país. E, nessa outra, Illia está entregando as ambulâncias Ramblert. E essa quase apagada é o

---

11) General Juan Carlos Onganía: presidente militar da Argentina entre 1966-1970; derrubou o governo constitucional de Arturo Illia.

capelão naval benzendo o *Esperanza*. Você vê armas? Isto aqui é uma quadrilha, Villa".

Tinha medo de que alguém o estivesse escutando. Ultimamente, cada vez que entrava no seu gabinete, fechava a porta. E, durante a sua ausência, checava cada centímetro, até onde minha imaginação alcançava, para ver se tinham colocado microfones para gravá-lo.

Percebia que Firpo estava confuso e, para meu risco e o dele, falava com qualquer um. O primeiro a me dizer isso foi o ordenança, o negro Thompson: "O velho anda dizendo qualquer coisa. Isto está virando um ringue. De um lado o Pascualito, do outro eu, o negro Thompson, só falta trazerem o Gatica".

Acho que Thompson, como eu, nunca tinha batido em ninguém.

Fiquei assustado quando uma noite, jantando, Estela decidiu me falar de Firpo: "Tenho notado que o doutor anda um pouco exaltado. É estranho... uma hora está eufórico e, de repente, começa a vociferar contra todo o ministério, a mergulhar num estado de ausência. Já fala mal de Villalba, de Salinas e até do ministro. Diz que deixamos de ser um departamento médico para virar uma feira. Parece que, outro dia, a senhora presidenta e o ministro[12] estavam vendo um programa pela televisão, desses de perguntas e respostas e de provas ridículas, mas em que também se pede ajuda. Então, ligaram direto de Olivos: era a voz do próprio ministro; como Salinas não estava, pediram para Firpo cuidar do assunto. Parece que, pela primeira vez, negou-se a atender o pedido de um ministro dizendo que estava fora da sua área e que era um assunto que não era da nossa competência, por não entrar dentro da jurisdição nacional. Tenho medo, Carlos, de que esse homem possa te comprometer".

Firpo tinha razão. Tínhamos virado uma feira: coxos, cegos, deformados, inválidos em cadeiras de rodas circulavam o dia inteiro em romaria pelo escritório. Prometíamos, sempre lhes prometíamos alguma coisa. Só que não dependia de nós, nós éramos médicos.

---

12) Referência a José López Rega, ministro do Bem-estar Social de 1973 a 1975, e a María Estela Martínez de Perón, que assumiu a presidência do país após a morte de Juan Domingo Perón, em 1974. Dois anos depois, ela foi derrubada pelo golpe militar denominado *Processo de Reconstrução Nacional*, sob o comando do general Jorge Rafael Videla.

Foi num desses dias. Um sábado à noite em que estava de plantão, que comecei a querer deixar esse escritório. Tirei o fone do gancho e recebi uma ameaça de voar pelos ares; a ameaça era de um comando revolucionário. O ministério também deixava de ser um lugar seguro. Sempre pensei que os inimigos podiam estar dentro, que nós éramos inimigos passíveis de sermos perseguidos, suspeitos para o pessoal do ministério. Mas não suspeitava que fôssemos inimigos para essas vozes anônimas que nos ameaçavam e nos chamavam de assassinos.

Aquele foi meu último plantão. Tal como dissera Estela Sayago, a partir desse momento tudo começou a precipitar-se no ministério e também no país. O ministro exercia o poder com mais violência e sem tolerar nenhuma oposição. As opiniões de Firpo não eram perigosas, mas eram incômodas e de mal gosto; além disso, ele as comentava nos círculos que costumava freqüentar. Por isso não o queriam como inimigo declarado: tinha relações demais com médicos, políticos, ministros e alguns militares. Sua presença se tornava cada vez mais irritante para Salinas. Firpo representava o fim de uma época que devia desaparecer no ministério: "É um velho liberal", disse Salinas, como dando por encerrado o assunto entre os empregados. Apesar de Villalba compartilhar da opinião de Salinas e querer tirar Firpo do caminho, durante vinte anos de carreira Firpo tinha sido seu chefe, e a sombra do seu antigo poder ainda exercia certa influência sobre ele.

A sorte de Firpo estava lançada, e a minha também. Quando fiquei sabendo oficialmente que a Aviação Sanitária ia abandonar a instância operacional para transformar-se numa instância de prevenção, percebi que ficávamos sem o poder dos aviões. A verdade é que ficávamos desvinculados. Nossa tarefa, de agora em diante, consistiria em estudar a redistribuição sanitária do tráfego aéreo. A política sanitária consistia em descentralizar.

Firpo ficou sem os aviões. E, numa manhã, junto com Alicia Montero, começou a tirar os diplomas e as fotos da parede. Eu continuava decidido a segui-lo. Se Villa era alguém, era porque Firpo tinha feito com que ele se tornasse alguém. Ainda que fosse um médico da memória.

Como precisavam arranjar-lhe uma pequena diretoria, misturaram pessoal de carreira e contratado. Alicia Montero estava destinada a continuar com ele. Mas, além disso, procuraram uma datilógrafa, última no escalão e com quem Salinas não simpatizava. Durán, um médico que Firpo trouxe do Instituto de Cirurgia Toráxica e que tinha um valor puramente assistencial, também foi transferido. O meu caso não estava decidido.

Villalba me disse que era preferível que eu tivesse uma experiência em prevenção e pediu meu parecer:

— Eu nunca tinha pensado nisso.

— Eu sei, Villa, que sua mulher não está de acordo com que você continue com Firpo.

— São pontos de vista.

— Você deve estar pensando que lá vai vegetar em vida, mas eu garanto que vai ser importante para a sua carreira.

— Villalba, o senhor sempre pensa no meu bem.

Fiquei em silêncio. Eu não tinha um alfinete de gravata onde me agarrar. Acendi um 43. Apesar de não saber por que, bem no íntimo, desejava a transferência. Por medo? Por lealdade? Por conveniência? Minha cabeça se abria numa pergunta infinita. Tentava encontrar um argumento que mais tarde também servisse para esgrimir ante minha mulher. Como sempre, houve uma coisa que me salvou. Desta vez, foram as palavras de Villalba:

— Villa, preciso de alguém de confiança ao lado de Firpo. Ele fala com qualquer um, fala do passado. Fala de você, de mim. Você percebe que eu cuido da minha folha de serviços, é como meu cu. Eu também não vou mentir para você, eu também sinto um certo apreço por ele.

— Mas o que ele diz de mim? — perguntei a Villalba. Não me importava o perigo que as palavras de Firpo pudessem me causar, só me interessava saber o que ele dizia de mim. Como falava de Villa quando Villa não estava?

— Só para dar um exemplo: diz que você usou os aviões para fins particulares. Está se referindo a quando transportou a família da sua antiga namorada. Diz que mobilizar um avião sem uma razão justificada e por um motivo particular é um delito contra o Estado.

Não sabia se Villalba estava mentindo, mas, mesmo assim, me deixava um sabor amargo. Não me preocupava moralmente que fosse uma mentira de Villalba, mas sim que Firpo falasse de Villa do mesmo modo, estando ele presente ou ausente. Villalba tinha me dado o argumento para minha mulher: eu só estava cumprindo um pedido de Villalba e, se o assunto ficasse mais complicado, podia dizer que tinha cumprido uma ordem.

— E do senhor, o que ele diz? — me atrevi a perguntar.

— Ele menciona o caso dos vales de gasolina que eu assinava indiscriminadamente e que esteve a ponto de me exonerar. Diz que nunca ficou claro se eu era conivente com os choferes que depois trocavam os vales por dinheiro nos postos de gasolina. Que ele vinha fazendo as contas do dinheiro todos esses anos. E que me salvou, mas agora podia me afundar.

Nesse lugar era sempre a mesma coisa: você flutuava, mas podia naufragar a qualquer momento. Tudo dependia de uma assinatura, uma assinatura do diretor, do secretário de Estado, do subsecretário. Uma assinatura nos promovia ou nos deixava fora do orçamento, da carreira, do ministério, da vida. Durante anos, nossa família esteve na expectativa de uma assinatura. Meu pai foi um funcionário de carreira no Ministério da Fazenda. Todos os dias esperávamos a assinatura que iria promovê-lo. E, quando chegava, a indicação era outra. Para mim foi muito difícil entender o que era uma indicação. Perguntei à minha tia porque todos em casa esperávamos uma indicação que dependia de uma assinatura. "Uma indicação é uma coisa que se quer conseguir", disse. E ali estava eu, atrás de uma indicação que mudasse a minha vida.

Olhei para Villalba, que tinha conseguido todas as indicações. E agora era indicado para subsecretário, mas esse posto não era de carreira, era político, e era um risco, apesar de se dizer que, certamente, poderia conservar seus arranjos e voltar para o seu antigo posto quando tivesse que pedir demissão. Ele estava me olhando a espera de uma resposta, até que disse, quase como uma ordem:

— Villa, você tem que ir com Firpo.

— Sim, senhor — disse.

— Vou dar-lhe um cargo em comissão. Quero estar a par de todos os movimentos de Firpo.

— Em se tratando de pontos para minha folha de serviço, farei o possível para estar à altura.

— O impossível, Villa, o impossível.

E assim fui atrás da cabeça de cavalo que ia ser o único brilhante nesse escritório escuro e cinza ao qual nos haviam destinado.

Quando contei para a minha mulher, ela fez uma única pergunta:

— Foi um pedido ou uma ordem?

— Um pedido — respondi, rapidamente.

— Você fez bem, continue com a mesma política de agora, diga a todos que sim. É contraditório, mas os dois confiam em você. Firpo porque está sozinho e Villalba pela rixa que tem com Firpo. Você se converteu numa peça chave para os dois; os dois te disputam. Só tem que dizer que sim para os dois.

— É um jogo perigoso.

— Mas há outro possível?

As palavras de Villalba e as da minha mulher juntaram-se na minha cabeça. Tinha perdido uma coisa essencial: não sabia para quem trabalhava, e um mosca deve sempre saber para quem trabalha. Foi outra das lições do Polaco na minha juventude: "Apesar de parecer um absurdo e até mentira, um mosca sempre trabalha para ele mesmo".

O tempo foi passando lento e rotineiro. Podia ser medido pelo discurso com que Firpo acusava os seus inimigos, Salinas e Villalba. Com o correr dos dias, o tom acusativo foi-se debilitando para entrar em outro, quase reminiscente. Às vezes, falava bem de Villalba, contando alguma história que guardava certo ar épico ou sentimental. A visita de um presidente, os esforços para conseguir o primeiro avião. Parecia ir desaparecendo detrás das lembranças, como se seu corpo se esfumaçasse, e a carnalidade cedesse lugar ao espírito, que falava com a sabedoria que provém necessariamente de ter se separado da carne.

Às vezes, eu mesmo, assustado por essa atitude que costumava embargá-lo cada vez mais, tentava contar, até inventava, algum boato sobre o destino do ministério, de Salinas e de Villalba, porque esses três destinos caminhavam juntos. Mas ele não parecia interessado e, assim, todas as tardes voltávamos à plantação, e assim fui conhecendo a história da Aviação Sanitária, que era quase a história da sua vida. E isso ocupava todo o seu tempo, com exceção de alguma recordação da sua mulher, que o fazia dizer: "O mundo sem Anita carece de sentido".

É verdade que eu inventava os boatos, mas os boatos também existiam. Os boatos eram como a assinatura: parte do ministério. E quanto mais longe estávamos do poder, mais precisávamos dos boatos. Falava-se de reuniões secretas entre Salinas e o ministro. Villalba tinha-se transformado num homem de confiança do lópezrreguismo, e até se dizia que tinha abandonado seu catolicismo pouco ortodoxo para participar dos rituais secretos do ministro. Até se chegou a falar de um pacto de sangue entre Salinas e Villalba.

Era impossível conseguir um carro oficial. Tacitamente, eu esperava que Firpo decidisse a hora de voltar para casa; tinha me transformado não em seu chofer, mas sim no homem de confiança que o levava.

Alicia Montero saía às cinco. A datilógrafa passava a maior parte do tempo de licença médica. Durán vinha uma vez por semana para assinar. Ou seja, eu, entre as cinco da tarde e as sete, ficava sozinho com Firpo.

Uma vez por semana, Villalba ligava para a minha casa. Depois de conversar com a minha mulher, falava comigo.

— Como vai, Villa, alguma novidade?

— Nenhuma.

— Tem certeza?

— Olha, Firpo já quase não fala do presente.

— O que você quer dizer com isso?

— Ele vive contando casos do passado, e neles fala do senhor com apreço.

— Acredito, acredito. Mas fique atento e mantenha-me informado.

— Não se preocupe, Villalba. Não me esqueço de que estou lá para isso.

— Bom, também não é para ficar assim, Villa. Afinal, você está fazendo isso pela sua carreira.

— Suponho que sim.

— Você sabe que a sua mulher se dá muito bem com a minha? Um dia desses deveria vir comer um churrasco, já que não estamos juntos no escritório nem viajamos juntos para Morón. Sabe que sinto sua falta, Villa?

— É, a gente sente falta.

— Até logo, Villa. Não se esqueça de fazer o impossível.

— Não me esqueço, senhor, sempre tenho isso em mente.

Desliguei o telefone e percebi que estava fazendo o que minha mulher tinha-me sugerido. Mas, no fundo, não estava contente: estava desnorteado. Supunha-se que eu estava com Firpo, mas trabalhava para Villalba. Mas era assim mesmo? Sempre tinha recebido ordens de Firpo e, ultimamente, ele não me dava nenhuma. Eu naufragava num estado de incerteza que me deixava à deriva. Mergulhava numa espécie de vertigem; às vezes, caminhava como que perdido pelos escritórios do ministério. Além disso, Firpo estava com uma espécie de mania que consistia em não querer que eu me afastasse dele. Quando eu me ausentava por uns minutos, ficava de péssimo humor; na verdade, tinha medo de ficar sozinho, o que me deixava feliz: percebia que ele precisava de mim.

Assim os dias iam-se passando. Tínhamos um grande mapa do país numa das paredes. Era a única coisa que tínhamos trazido do antigo escritório. Antes, com uns alfinetes vermelhos, seguíamos o itinerário do *Esperanza*. O alfinete se movia de uma província para a outra, de uma cidade para a outra e, às vezes, o mapa ficava cheio de alfinetes. O *Natividad* movia-se ao ritmo de um alfinete azul, e o duas pás ao ritmo de um alfinete verde. Agora no mapa não havia um único alfinete.

— Você se lembra, Villa? Houve um tempo em que o mapa estava cheio de cores e de alfinetes.

— Sim, doutor, agora teríamos que circunscrever as áreas centrais e fixar as zonas principais. Podíamos fazer isso com um marcador colorido.

— É, Villa, mas são marcas fixas; agora com uma vez já basta. Você me entende?

— É, antes estavam em movimento.

— Então todo o território do país estava nas nossas mãos. Movia-se um alfinete e um avião entrava em movimento.

— Mas, insisto: deveríamos marcar as bases principais...

— Claro, Villa. Assim está bem?

E tirou a cabeça de cavalo e cravou-a em algum lugar do país. Acho que na Patagônia. E me disse:

— Mais devagar, mas mais seguro. Em vez de um avião, meu cavalo de ouro, que me levou tão longe.

— Não vá estragá-lo, doutor. É tão bonito...

— Você acha, Villa? Meus sogros me deram de presente quando me formei em medicina. E me disseram essas mesmas palavras: com ele você vai longe.

— Guarde-o, doutor, assim vai quebrar.

— É de ouro, Villa. O ouro não quebra. É um metal nobre — disse, enquanto o apertava entre as mãos, sem prendê-lo à gravata.

Quando voltou ao seu gabinete, fiquei olhando no mapa esse território extenso em uma cartografia tão simples, quase infantil: azul para o oceano, um pouco mais suave para os mares, apenas uma linha para os rios, as montanhas em marrom. Quantas vezes tinha seguido, de Buenos Aires, o itinerário de Firpo? Agora em Ushuaia, agora em Río Gallegos, depois começa a baixar. Agora dormirá em Esquel, pela manhã sairá de Trelew. Até que o ponto ia-se aproximando de Buenos Aires e eu me apressava em pedir um carro para ir esperá-lo no Aeroparque. Em que ponto cravar meu destino agora, com a cabeça de alfinete? Firpo tinha razão: o movimento tinha parado. Entretanto, Villalba insistia: "Siga seus movimentos". Como dizer-lhe que tudo tinha parado para sempre, que o alfinete continuava cravado no mesmo lugar?

Por curiosidade, procurei na mesa e encontrei alguns desses alfinetes. Brinquei um pouco com as cores e cravei um alfinete aqui, outro lá. E, de repente, o mapa se encheu de movimento, ganhou vida e foi como se eu ouvisse os motores rugindo, os aviões decolando, os helicópteros movendo as hélices. Tive vontade de chamar Firpo e convidá-lo para brincar, mas senti vergonha. A vergonha de um adulto brincando de ser criança. E comecei um ritmo vertiginoso. E, de repente, estava no sul e, de repente, no norte, e os aviões faziam itinerários impossíveis, voavam a velocidades em que nunca tinham voado, aterrizavam em meio a montanhas e desertos. Até que furei um dedo e uma gota de sangue no mapa deteve a brincadeira. Achei que era um mal presságio. O mapa de que o doutor tanto gostava tinha se manchado. Tentei tirar a mancha com meu lenço, mas o ponto vermelho não sumia, como se tivesse ficado cravado para sempre em Comodoro.

Fui ao banheiro lavar as mãos. Procurei água oxigenada; a ponta do dedo sempre sangra muito. Era uma dor lancinante. Finalmente o sangue parou e, quando me olhei no espelho do banheiro, eram quase sete, hora de levar Firpo. Procurei no bolso para ver se estava com as chaves do carro, e estava. Procurei no outro bolso as chaves do escritório para deixá-lo fechado. Nesse momento, ouvi uma detonação; um ruído seco, como quando um pneu estoura. Olhei pela janela e não vi nada. Fui até o escritório de Firpo, que, ultimamente, estava meio surdo. Bati como sempre no vidro que anunciava "Diretor" e, como sempre, também, entrei ao mesmo tempo.

Estava inclinado sobre a mesa. O chapéu da águia caído no chão; ao lado do chapéu havia uma pequena pistola. Firpo estava com o peito ensangüentado, tinha atirado no coração. É verdade que era bom atirador. Eu estava como que petrificado e não podia avançar para ajudá-lo, não sabia se estava vivo ou morto. Tampouco podia gritar pedindo ajuda.

Estávamos os dois sozinhos. Quando consegui, aproximei-me e, pelos olhos, soube que estava morto. Solucei profundamente, um soluço que vinha de dentro. Senti amor e piedade. Para ele estava tudo terminado. Ao lado de sua mão estava o alfinete de gravata, como se quisesse evitar que a cabeça de cavalo se sujasse com a morte, como se, no último ato, a resguardasse até o final. Parecia ainda mais brilhante.

Tomei-o nas mãos. Pensei que, de alguma maneira, me estava destinado; que não era um roubo, que ninguém o reclamaria, que só eu vivia ligado a esse cavalo. Levei-o comigo, era a única coisa que me restava. Em sinal de despedida, numa cerimônia quase íntima, murmurei:

— Doutor, o carro está pronto.

Ele já não me respondia. Senti um estranho tremor que nunca tinha sentido, uma dor que nunca tinha experimentado. O mundo deixava de ser um lugar seguro.

Saí ao corredor e comecei a pedir ajuda. Veio o doutor Bruno, o diretor do Doenças Transmissíveis, que, além disso, era amigo de carreira de Firpo. Entrou no gabinete e, quando o viu, gritou:

— O que foi que você fez, Tito, o que foi que você fez?

Nunca tinha ouvido alguém chamá-lo por esse nome. Parecia que falava de um desconhecido, apesar da proximidade e da dor que Bruno demonstrava.

— O que aconteceu? Como foi? — perguntou-me.

— Não sei, eu estava no banheiro, tratando de um dedo.

— Tratando? Por que tratando?

— Eu tinha furado um dedo com os alfinetes de orientação. Fui chamar o doutor para levá-lo, como todos os dias; fazia só um instante que tínhamos estado conversando ao lado do mapa.

— Mas você o achou estranho? Ele disse alguma coisa?

— Falamos do passado, falamos dos aviões. Depois dos últimos tempos em que andava tão absorto, achei que estava voltando a se conectar.

— É, estava muito deprimido. Villa, você chamou mais alguém?

— Não.

— É preciso chamar os parentes, os filhos.

— Acaba de acontecer, eu não podia reagir. Foram muitos anos juntos.

— Estavam os dois sozinhos?

— Desde a mudança, quase não há empregados; sua secretária sai às cinco.

— Espere um minuto que vou buscar alguém do meu pessoal, pelo menos para atender as chamadas telefônicas. Vamos tentar agir discretamente; é preciso evitar o escândalo. Não sei como pôde ter uma idéia dessas, devia estar muito desesperado.

— Entretanto, hoje parecia sereno. Se eu o tivesse visto agitado, iria controlá-lo mais, talvez pudesse ter evitado isso. Quem ia pensar que carregava consigo um revólver?

— Por que consigo? Talvez estivesse na gaveta da mesa.

— Eu o teria visto.

— Mas você revistava as gavetas dele?

— Ultimamente ele se esquecia de tudo: da Mont Blanc, do Dupont. Coisas de muito valor, e essas gavetas nem sequer têm fechadura.

— É verdade. Mas, agora, que diferença isso faz? Vou ver se encontro alguma empregada, vou ver se ficou alguém, eu também fiquei sozinho trabalhando até tarde. Mantenha a porta fechada.

Fiquei vigiando a porta enquanto pensava se tinha que chamar Villalba. Era melhor perguntar ao doutor Bruno. É, devia perguntar a ele sobre cada um dos passos que devia dar. Enfiei a mão no bolso, encontrei o alfinete de gravata e acariciei a cabeça de cavalo. Nesse momento, decidi que, mesmo que suspeitassem, não ia devolvê-lo.

Abri a porta, porque pensei ter ouvido um ruído. Só então percebi que a outra porta, a privativa, estava aberta. E se alguém entrou por ali e o matou? Ele tinha dito que estava sendo ameaçado. Mas quem ia querer matá-lo? Villalba? O pessoal do ministro? Eu estava fazendo conjeturas demais. Talvez até ele mesmo a tivesse deixado aberta. Talvez tenha pensado em ir embora antes de decidir voltar e sentar-se na sua poltrona. Ou pode ser que Bruno a tenha aberto ao entrar. Devia fechar a porta ou deixá-la assim? Era melhor perguntar a Bruno, mas ele já tinha dito: devemos ser discretos. Se fechasse, ia deixar marcas na maçaneta. Mas, se não era um crime, para que fazer tantas conjeturas? Talvez devesse deixar o alfinete de gravata em seu lugar, mas Bruno já tinha visto que ele não estava. Não ia suspeitar se o visse agora? Apesar de que, com o impacto que a morte do seu amigo lhe causou, não devia sequer ter percebido. Por sorte a entrada de Bruno me livrou de todas essas elocubrações.

— Doutor Bruno, a outra porta do gabinete estava aberta — disse.

— Sim, Tito costumava abri-la, porque, ultimamente, sufocava, sentia-se preso. Entre e feche-a, Villa, assim evitamos olhares curiosos — respondeu, num tom autoritário.

Por um momento, foi difícil me mexer. Perguntei-me como ele conhecia esse costume de Firpo que eu desconhecia. E assim quantas outras coisas que, além de Bruno, Alicia Montero, inclusive Villalba, sem contar seus filhos, deveriam conhecer. Diferentes pontos de vista que eu ignorava totalmente. Aí percebi que Villa era só um ponto de vista. Isso me causou algum desgosto. Fechei a porta e, desta vez, cruzei todo o gabinete desviando o olhar. Esse morto já não era Firpo, por isso desviei o olhar.

— Doutor Villa, peço-lhe discrição. Tratando-se de uma pessoa como Tito, perdão, como o doutor Firpo, vamos tentar ser o mais discretos possível. Vamos falar com os parentes. Não sei se será possível evitar a intervenção policial e a autópsia. Acho que vai ser impossível, mas eu mesmo falarei com o comissário. Eu me responsabilizo e emito o atestado de óbito como um infarte. Mas existe a arma; é muito delicado, os filhos já estão vindo para cá.

— O senhor avisou Villalba, doutor?

— Villa, eu disse que é preciso cuidar disso com discrição. Justo Villalba! Você sabe que Firpo desprezava toda essa gente.

— Sim, tem razão. É que estou meio perdido.

— Eu imagino, Villa, eu imagino. Vá preparar um café para você, não ficou nem um ordenança.

Foram chegando os filhos, e também a polícia. Como Bruno tinha dito, não foi possível evitar. Os telefones começaram a tocar. Não sei de que forma ele ficou sabendo. Mas Villalba, que já sabia o que tinha acontecido, telefonou e me censurou por não o ter chamado. Um investigador de polícia me fez umas perguntas muito amavelmente. Todo o tempo me chamou de doutor. O fotógrafo da polícia veio e disse, com a convicção que vem da experiência:

— Pela posição da cabeça, alguém mexeu no corpo.

Seu tom convencido fez com que ninguém duvidasse, e olharam para Bruno e para mim. Fiquei gelado. Pensei na cabeça de cavalo. Bruno olhava para mim. Então eu disse:

— Quando reagi, me aproximei, levantei a cabeça dele e beijei a testa.

Depois de dizer isto, perdi os sentidos.

Quando voltei a mim, estava sentado no gabinete de Bruno. Tinham me carregado até lá. Uma empregada do doutor estava comigo.

— Sente-se melhor? — perguntou.

— Sim, obrigado.

— Muitas emoções juntas — disse.

Só tive forças para assentir com a cabeça. Poucos minutos depois, entrou Bruno.

— Como vai, Villa?

— Melhor, doutor. Desculpe, mas não pude evitar.

— Deixe de bobagem, Villa, você teve que passar o pior momento. Agora acabou, já vão vir retirar o corpo. Tudo foi feito o mais discretamente possível, mas você viu que o telefone começou a tocar em seguida. Acho que os filhos não querem fazer velório. Devido às relações, o que se refere ao necrotério judicial será feito em poucas horas. Amanhã vão levá-lo para o cemitério da Recoleta; vai haver muita gente. Tito tinha tantos amigos... Agora vou deixá-lo. No enterro nos encontramos.

Bruno tinha razão. Apesar da discrição, foi um número considerável de gente, ou melhor, de personalidades. Alguns ex-ministros, alguns secretários. Pude ouvir duas ou três pessoas falavando em francês e pensei: "O mundo de Anita". Alguns médicos, também alguns políticos. Villalba não estava; Salinas também não. Alguém ensaiou um breve discurso, muito breve. E o sacerdote escolheu uma passagem dos Salmos como despedida. Nesse momento, Alicia Montero deixou escapar um leve soluço, tão imperceptível que acho que fui o único a perceber, porque estava ao seu lado.

Alicia Montero estava em idade de se aposentar, e se aposentou. A empregada pediu transferência para outro lugar. Durán pediu demissão. Eu me encontrava sozinho no que um dia tinha sido a Aviação Sanitária. O gabinete de Firpo estava fechado e vazio. Os filhos tinham levado os objetos e os diplomas. Só ficaram a poltrona e a mesa, a foto já não estava ali. Nunca mais voltaria a ver a plantação.

No outro escritório, como sempre, as três mesas. As funcionárias levaram seus pertences e as máquinas de escrever foram cobertas com capas negras. Só na minha mesa havia papéis, algumas pastas e um ou dois expedientes. Disseram-me que tinha que esperar ordens, era possível que dissolvessem o departamento.

Às vezes o doutor Bruno passava para tomar um café. Outras vezes me convidava a ir ao seu gabinete. "Se sua situação administrativa não se resolver, eu o peço para o meu departamento", disse numa dessas vezes.

Continuava cumprindo meu horário, como quando Firpo ainda estava. Ainda costumava telefonar alguém para pedir ajuda, e eu transferia a ligação para o Departamento de Emergências. Igualmente fazia uma estatística das chamadas, anotando num papel timbrado com hora, dia e motivo da chamada, com a secreta esperança de que mostrar essa estatística ante alguma instância servisse para não dissolverem o departamento ou para justificar esse tempo indefinido.

Às vezes me encontrava contemplando o mapa. Meus olhos perdiam-se nesse país extenso que, diziam, estava se cobrindo de cadáveres. Procurava um lugar para me esconder. Não deixava de experimentar um sentimento de rancor por Firpo, que, nem bem se manifestava, tratava de apagar da minha cabeça. Uma leve censura por ter me abandonado. Agora, tinha me deixado sozinho, se bem que, em certo sentido, era um alívio, porque servir a ele e a Villalba ao mesmo tempo foi uma verdadeira tortura. Mas agora me sentia à deriva. Tentava reconstruir de maneira quase obsessiva as últimas conversas para ver se encontrava a pista do porquê tinha tomado semelhante decisão. Mas tinha tantas, que era difícil escolher alguma. Por outro lado, o acaso podia ter entrado no jogo, um dado que eu desconhecesse: uma doença incurável, o mundo que desapareceu quando morreu sua mulher, a perda dos aviões. Mas nada disso justificava ter feito isto com Villa.

Entretanto, Villalba não tinha voltado a entrar em contato comigo. Eu sabia que a situação do ministro era delicada, falava-se de sua renúncia. Cada vez encontrava mais oposição entre os militares e certos grupos sindicais, mas isso já vinha desde algum tempo. Bem no íntimo, pensava que Villalba tinha-se decepcionado comigo porque não lhe falei imediatamente do caso de Firpo, mas minha mulher me disse outra coisa:

— É simples, já não tem com quem te disputar. Eu te disse que ele iria se interessar por você enquanto Firpo vivesse. Agora, é preciso esperar. Talvez a mulher volte a nos convidar, então poderemos falar com ele sobre a situação. Deus queira que volte a precisar de você, que por algum motivo você lhe seja útil.

— Um futuro otimista.

— Eu te disse que Firpo era de mau agouro. Alguém que faz o que ele fez sempre dá azar.

— Você também me disse para dizer sim aos dois.

— Até agora não fomos mal, é preciso esperar que isso passe.

— É, mas são longas e duras as horas que tenho que passar sozinho no escritório. Às vezes penso que deveria aceitar a proposta do doutor Bruno.

— Esse lugar não tem futuro, porque não é político. E, por outro lado, não vejo o que você pode ter a ver com as doenças transmissíveis. Você nem ao menos fez a especialização.

Tinha razão, essa mulher sempre tinha razão. Doenças Transmissíveis teria sido como a pólio branca. A peste avançando e eu tendo que retroceder até poder começar a correr como os Olímpicos, envolvido pela malária, o tifo, o mal de Chagas. Milhares de cancros que me causavam horror, apesar de só ter que os ver por escrito, como meras estatísticas, e sem nenhum avião para poder voar.

Como um bom mosca, como fazia sempre, nesse dia, ao entrar no escritório, toquei as asas da insígnia para dar sorte. Talvez hoje houvesse alguma novidade.

Quando o telefone tocou e ouvi a voz de Villalba, não pude deixar de suspeitar que Estela tinha falado com ele ou com sua mulher. Isso me causou um certo desagrado, até tive a ousadia de dizer-lhe que não tinha reconhecido sua voz.

— Você está encalhado nesse escritório, Villa. Ficou sem combustível?

— Estou esperando. O senhor me prometeu...

— Nunca prometo nada, Villa. Posso ter falado, mas prometer nunca prometo nada a ninguém.

— Vai ver interpretei mal suas palavras.

— Não se preocupe se está *QTR* no seu *QTH*.

Fiquei um minuto em silêncio tentando lembrar do código *Q*. Estava me falando no código dos radioamadores. Isto queria dizer que eu estava fora de serviço na minha central.

— Estou esperando — respondi.

—Ah! Quer voltar a voar! Há muitos vôos neste momento: duas ou três catástrofes, as inundações...

— Sim, Estela me contou e também li no jornal. Quando a vejo preparar o uniforme e o estojo, sinto saudade de voar.

— *QSL*, *QSL*, Villa.

Isto queria dizer que me tinha entendido e que tinha substituído o *OK* pelo *QSL*.

— Talvez na semana que vem eu tenha novidades para você; venha preparado para tudo. Com certeza mando avisar pela sua mulher. Estela é muito eficiente, Villa, sempre de confiança. Até logo.

Dois dias depois, marcou uma reunião em seu gabinete. Reencontrei-me com os antigos colegas e achei que alguns me cumprimentavam e me davam as condolências como se eu fosse um parente de Firpo. Talvez fosse, talvez fosse a última testemunha da sua existência, não só porque estive perto dele no momento de sua morte, mas também porque fazia com que recordassem um pouco sua presença na história do departamento. Como se comigo um pouco do seu espírito entrasse no gabinete.

Talvez Villalba tenha tido a mesma sensação quando me viu. Talvez, sem perceber, tenha adquirido alguns dos seus gestos, um pouco do seu tom de voz, um certo jeito de arrastar os pés ao andar. Porque também para ele era como se tivesse entrado um fantasma. Mas se recompôs rapidamente quando me deu a mão, talvez por perceber que a minha transpirava.

— A volta do filho pródigo. Sabe, por um momento, achei que era Firpo entrando por essa porta. Também, Villa, com sua mania de imitá-lo! Deve ter sido pela fragrância. Não me diga, Villa, que está usando o mesmo perfume que Firpo usava!

— Não, senhor, eu não me atreveria.

— Ainda bem, Villa. Por um momento me pareceu que com você entrava esse aroma enjoativo. Desculpe-me, eu não sei nada de perfumes, nem sequer os uso, mas você não acha que era um pouco forte?

— Na verdade, nunca tinha pensado nisso. Mas agora que o senhor diz...

— É, quando ele apertava a mão, a gente ficava impregnado dessa fragrância. Devia me desagradar muito, pois, durante todos os anos que estivemos juntos, nunca lembrei de perguntar como se chamava. Você sabia o nome?

— Sim, chama-se Vetiver.

— Certamente é francês.

— Sim, claro.

— Ele sempre quis viver no mundo de sua mulher e nunca no próprio. Espero que não aconteça o mesmo com você, Villa.

Durante esse longo diálogo, eu tinha permanecido de pé. Quando me convidou a sentar, tirei um lenço do bolso e sequei as mãos.

— É verdade, Villa, você não usa o mesmo perfume.

— Eu disse a verdade.

— Entre nós é disso que se trata, Villa, da verdade. Preciso acreditar em você. Ou melhor, voltar a acreditar em você. Porque não posso esquecer que não me chamou quando Firpo morreu. Deixou tudo nas mão desse Bruno. Você sabe que nunca o achei simpático. Sempre tão discreto! Deveria ter-me avisado. Por sorte parece que foi um suicídio, imagine se tivesse sido outra coisa. Eu deveria ter sido o primeiro a saber; imagine se tivesse sido um assunto suspeito. Você sabe que neste momento no país morre muita gente, alguns desaparecem de um dia para o outro. Se bem que Firpo sempre foi um conservador. Mas imagine se estivesse ligado a alguma ideologia extremista, ou tentando proteger alguém, ou um de seus filhos...

— Mas não tinha nada para informar para o senhor.

— Sempre se diz a mesma coisa, mas sempre há algum detalhe. Imagine se tivesse precisado da minha ajuda, imagine se a morte de Firpo não tivesse sido o que parece que verdadeiramente foi. Quem era o primeiro que você deveria ter chamado?

— O senhor.

— E por que não fez isso?

— Não sei. Estava muito impressionado; perguntei ao doutor Bruno o que tinha que fazer.

— Ao doutor Bruno! Mas nem precisa me contar o que ele respondeu! Você tinha uma ordem e fez um pacto comigo. E as ordens e os pactos existem para serem cumpridos. Está claro, Villa?

— Sim.

— Está claro que, se você voltar a pôr os pés neste escritório, não deve se esquecer nunca mais dessas palavras?

— Sim, está claro.

— Então vá empacotando os papéis e apresente-se na segunda-feira no escritório. Já veremos para que função vamos designá-lo. E me diga uma coisa: Firpo disse algo importante para nós antes de se matar?

— Não. Falou dos aviões que perdeu.

— Fazia muito tempo que os tinha perdido. Sem piloto, Villa, um avião não vale nada. Nunca se esqueça disso. Fazia tempo que Firpo tinha-se esquecido. Pensava que os aviões fossem de brinquedo.

Voltei para o meu escritório. Ainda faltavam algumas horas para sexta-feira. Liguei para Estela para contar a novidade. Estive tentado a perguntar se ela tinha falado com ele, mas calei a boca. Ela ficou contente e me disse: "Que rápido!"; por isso pensei que, efetivamente, teve alguma coisa a ver com esse encontro. Se tivesse sido Elena, eu teria ficado com ciúme, mas não era Elena.

Guardei os papéis na pasta. Fui me despedir do doutor Bruno, que ficou contente com a minha transferência e me disse para não deixar de passar para visitá-lo. Fechei a porta e comecei a andar pelo corredor, como se estivesse me despedindo de Firpo para sempre. Senti o mesmo vazio que tinha sentido todo esse tempo, e que me contraía o diafragma. Toquei o peito e apalpei a cabeça de cavalo; tranquilizei-me. Quando chamei o elevador, apareceu Pascualito e estiquei meus olhos para me fazer de japonês. Pronto: entrar no elevador e baixar tão depressa me deu vertigem. De repente, perguntei se podíamos voltar. Tinha-me esquecido do mapa.

No primeiro dia do meu regresso, fui me apresentar no gabinete de Villalba, que mandou me dizer, pela secretária, que o esperasse, quando se desocupasse, iríamos juntos cumprimentar Salinas. Voltar a ver Salinas e seus seguranças me inquietava, voltar a ver as Itakas e os revólveres; mas, já que estava de volta, não devia por acaso me acostumar?

Salinas me lembrava um suboficial que tive durante o serviço militar, de sobrenome Hernández. Um zumbido que nos fazia zumbir pelo campo enquanto se aproximava do meu ouvido e me dizia: "Quer zumbir, Villa? Então vai zumbir". E começava o zumbido nos ouvidos que durante anos me despertou no meio da noite. "A musiquinha", como Hernández chamava. Era o mesmo zumbido que me invadia cada vez que eu ia ver Salinas.

Com Villalba, entrei no gabinete de Salinas. Recebeu-me muito delicadamente. Como se ele mesmo tivesse adotado um pouco dos modos de Firpo. Além disso, não se via nenhuma arma. Mas, mesmo assim, eu estava nervoso.

— Fico contente com a sua volta. Estamos procurando encontrar uma função para você. Em poucos meses tudo muda, tudo fica prescindível. Até eu tive esse sentimento quando fiquei doente de hepatite. Não deveria se preocupar, isso acontece com todo o mundo. O importante é reintegrar-se a esta pequena família que é Emergências.

— É uma honra para mim, senhor.

Como naquele velório do pai de Sívori, senti que tinha falado demais, que tinha caído de boca.

— Villa, eu não esperava tanto, mas se você acha...

A resposta de Salinas me deixou mais inquieto. Teria percebido que eu me excedi? Não sabia onde enfiar as mãos; ofereceram-me café e não aceitei para não perceberem o meu tremor. Por isso também não podia acender um 43.

— Gostaria de voltar a voar, doutor Villa? — perguntou Salinas.

Não tive tempo de responder, porque Villalba se antecipou:

— Villa sempre gostou de voar. Quando era jovem trabalhou como mosca.

O meu mundo desabava. Firpo tinha-lhe contado aquela primeira conversa no escritório. Por um momento o odiei. Mas era lógico, eu era um office-boy, enquanto que Villalba era o seu homem de confiança.

— Como é isso de mosca? — perguntou Salinas.

Outra vez Villalba não me deu tempo de responder.

— Nada, senhor, é que Villa, quando era jovem, lutou boxe na mesma categoria que Pascualito. Quarenta e cinco quilos, o peso ideal para um mosca.

Por que ele disse isso? Queria demonstrar seu poder para eu perceber que podia me salvar e me afundar ao mesmo tempo? Fez com que eu soubesse que ele sabia de coisas sobre mim que eu ignorava que soubesse. Tirei o lenço do paletó para secar a testa, porque o do bolso da calça já estava todo molhado. Sequei a testa; de repente alguma coisa caiu sobre o vidro da mesa de Salinas. Era a cabeça de cavalo.

— O que você está fazendo com isso, Villa? É um alfinete de gravata igual ao que Firpo usava — disse Villalba.

Se dissesse a verdade, minha vida ia ficar cravada nesse alfinete como uma borboleta atrás de um vidro. Menti:

— É ele mesmo. O doutor Firpo me deu de presente.

— Deu de presente? — havia surpresa na sua voz.

— Quando?

— Pouco antes de morrer. Um dia em que eu o levava para casa.

— Parece muito valioso — disse Salinas.

— Ao menos para mim, senhor.

— Quero dizer que vale muito dinheiro. É de ouro — disse Salinas, que estava com ele na mão e o olhava com atenção.

— Um lindo objeto — acrescentou, e o devolveu para mim.

Villalba permanecia em silêncio. Acho que estava cheio de suspeitas e de ressentimento. Por um lado desconfiava, sabia o que significava essa jóia para Firpo. Com certeza também sabia em que ocasião lhe presentearam e, conhecendo Firpo, era estranho que tivesse decidido que o alfinete não ficaria na família. Entretanto, era provável que Firpo, nos últimos tempos, sentisse um apreço particular por mim e, em meio à solidão, tivesse para comigo um gesto de reconhecimento; mas, o que era mais do que provável, talvez ele não estivesse convencido, e tinha razão.

— Com isso do alfinete nos distraímos, Villa, e você não me respondeu se estaria disposto a voar. O posto de médico de plantão é o mais sacrificado. Não tem sábado nem domingo, não tem Festas. Você deve se esquecer da família, é como começar de novo.

— Tenho vontade de voltar — respondi a Salinas.

Salinas despediu-se de mim e continuou conversando com Villalba. Eu não podia deixar de pensar que iam comentar a história da cabeça de cavalo. Não me considerava um ladrão, mas tinha medo de que Villalba pudesse pensar isso. Era como estar totalmente em suas mãos. Por um momento, tive um sentimento negativo em relação à cabeça de cavalo. Sentia que marcava o meu destino com um mau sinal. Estive a ponto de me desfazer dela, e só em pensar me deu medo. Pensei em chamar os filhos e dizer que o pai me deu de presente antes de morrer, mas que o mais correto seria eles ficarem com ela. Nada do que pensava me acalmava. A única estratégia na qual pensava era desaparecer das vistas de Villalba, evitar um encontro a sós com ele, no qual ele pudesse fazer alguma alusão ao incidente. Mas isso era impossível. Então pensei em escondê-la, e o único lugar que tinha era o cofre na sede do clube onde jogava frontão.

Fiz outros vôos como médico de bordo acompanhado de minha mulher como enfermeira. Certa harmonia e equilíbrio que se tinham quebrado entre nós se reestabeleciam lentamente. Não mencionei nada do episódio do alfinete, mas uma dessas noites fui até o Arsenal para guardá-lo.

Cheguei ao clube agitado; tinha andado depressa, quase correndo. Não queria que me vissem chegar assim, porque, em seguida, começariam a fazer apostas sobre a minha vida. No Arsenal se apostava o dia todo, faziam apostas sobre qualquer coisa: cavalos, boxe, galos de briga. A boca se abria só para apostar: olhava-se para o céu e se apostava se a tempestade ia cair ou não. Faziam apostas sobre a queda e o destino de Perón, sobre se a pólio branca podia desaparecer antes da primavera, ou se Evita morreria antes do inverno. Faziam apostas sobre a vida e a morte; apostar era uma maneira de medir o tempo.

Fazia muitos anos que acontecia a mesma coisa. Como todos os que freqüentavam o clube, eu não estava de fora desse jogo macabro. Então, antes de atravessar a entrada, também apostei: Villalba sabe ou não sabe o que realmente aconteceu com o alfinete?

Entrar no Arsenal era como entrar no hipódromo ou na Bolsa: uma conversa barulhenta que, às vezes, chegava até aos gritos, um coro de fundo que pronunciava nomes de jóqueis e cavalos misturados com cifras, pesos, raças e cores. Como se se falassem muitas línguas, como se toda a imigração do país estivesse apostando no Arsenal. Cada uma em sua própria língua, e todas ao mesmo tempo.

Cumprimentei na minha, atravessando esse barulho que não chegava a compreender, e me encaminhei ao vestuário. O armário era um lugar inviolável. Cada um tinha um nome e não eram muitos os que tinham um armário no Arsenal. Abri e me deparei com a minha roupa de treinar. Ali estava a velha camiseta do ídolo olímpico, só faltavam as medalhas que eu nunca ganhei. Quase por hábito, chequei o estojo para ver se algum medicamento estava vencido. Num dos compartimentos, dentro de uma caixinha, estava a chave da caixa; peguei-a para ir até a administração. Também peguei a raquete e a munhequeira. Enquanto me trocava, pensava que o Arsenal era um lugar secreto que ninguém do ministério conhecia, nem mesmo minha mulher. Guardei a roupa no vestuário e só fiquei com a raquete e a chave na mão. O cavalo de ouro estava no meu bolso.

O administrador me fez entrar onde estavam as caixas. Abri a número 18, tirei as pastas que tinham o carimbo do ministério e abri um pequeno cofre: uma caixa dentro de outra caixa, como os presentes de que gostamos e que nos surpreendem. Fazia tempo que não segurava a meia-medalha nas mãos. Ver gravado o nome de Elena me causou uma certa emoção; tirei a cabeça de cavalo do bolso e a guardei junto com a meia-medalha. Agora as duas coisas se juntavam, como dois que querem ser enterrados juntos. Parte da minha história e do meu destino estava nessa medalha partida e nessa cabeça de cavalo.

No cofre também havia fotos; fazia tempo que não voltava a olhar para elas. Pensei se algum dia não deveria queimá-las, talvez em algum momento pudessem me comprometer. As fotos com os presidentes eram minha relação com a política.

Numa estava com Onganía: tinha vindo inaugurar a rede de rádio que ligava a Aviação Sanitária a vários hospitais do país, de La Quiaca a Ushuaia. Para essa visita, comprei um terno a prestação na González. Nessa foto se podia observar um detalhe significativo: eu estava com a mão num bolso de dentro do paletó. Eu me lembro que a segurança presidencial tinha pedido para não fazermos nenhum gesto, nenhum movimento suspeito. Com certeza procurava um lenço, eu sempre estava procurando um lenço. Mas foi nesse momento que senti que me pegavam pelo braço e um soco no estômago me cortou a respiração. Tudo tão rápido que ninguém percebeu. O presidente continuava falando com Ushuaia. Depois de me revistar, levaram-me à cozinha, sentaram-me numa cadeira e mandaram o ordenança me servir um café. Pediram desculpas, mas a ordem tinha sido clara: nenhum gesto suspeito. Também me lembro que, nesse momento, pensei que, se já tivesse me formado em medicina, não teriam me tratado assim.

Não queimamos fotos. Sempre se quer uma foto com um presidente. Talvez algum dia precisasse delas como carta de apresentação. Diante de qualquer problema, poderia mostrar a foto com o presidente.

As outras fotos eram no Aeroparque, rodeado de aviões. Ao pé das fotos havia uma data meio apagada. Talvez 1964. Estava no segundo ano de medicina. O presidente Illia caminhava entre os soldados que lhe rendiam honras. Era uma série de fotos que iam seguindo a caminhada do presidente. Eu não aparecia nem na primeira nem na segunda; na terceira, o presidente estendia a mão para me cumprimentar. Alguém do ministério tinha tirado as fotos para o arquivo da Aviação Sanitária. O dia estava nublado e mal se distinguiam as figuras. O importante era que se reconhecessem as duas caras, mas a foto era tão pequena... Talvez devesse ampliá-la.

Elena tinha cópias. Tinha-lhe dado essas fotos com orgulho. Aproximei a lupa, olhei e vi minha juventude. A cara do presidente tinha mudado: parecia a de um ancião aprazível apertando a mão de um jovenzinho.

Sempre a mesma história: Villa quase não aparecia ou aparecia apagado. Era preciso procurá-lo com lupa. Já com o Polaco, era ao contrário: sempre em primeiro plano. Lembrei-me de que no filme *O filho do craque* aparecia com a cara ocupando toda a tela. Fomos ver o filme mil vezes. Villa, por sua vez, tinha que ter aparecido ao lado do ídolo em *Fim de festa*. A briga foi filmada na porta da casa de Barceló, onde agora fica a Escola Técnica: Fávio no caído chão, ele ajudando-o a se levantar. Quando estreou, Villa não aparecia na tela. "Foi muito rápido, é preciso assistir outra vez", disse o Polaco, e ficamos para a outra sessão. Na outra sessão, também não apareceu. Depois fiquei sabendo que faziam mil tomadas das quais ficava uma: essa não ficou. Entretanto, cada vez que passavam o filme, não deixava de buscá-la desesperadamente na tela em que nunca ia estar.

Não tinha coragem de queimar a foto. "É apagada, inofensiva, talvez um dia os radicais voltem", pensei, e voltei a guardá-la no cofre. E a de Onganía poderia servir. "Dizem que, se López Rega cair, talvez os militares voltem", pensei, e também a guardei.

Quando guardei a lupa, era como um olho que fazia com que tudo o que havia na caixa aumentasse. O nome de Elena parecia um cartaz luminoso. As caras de Illia e de Onganía aumentaram de repente. O cavalo parecia um centauro.

O ruído da caixa se fechando me deu um certo alívio. Finalmente tinha conseguido tirar o alfinete de circulação. O Arsenal era um lugar seguro. Ali ninguém roubava nem espionava a vida dos outros. As caixas eram sagradas, ninguém se metia com elas, eram a única coisa sobre o que não se apostava. Como se todos tivessem uma vida dupla encerrada nessas caixas, e o silêncio velasse sobre elas. Ninguém teria a idéia de dizer: "Aposto que na caixa de Villa tem isso ou aquilo". Só de pensar nisso já me parecia estar profanando um segredo.

Quando terminei de jogar, tomei uma ducha e bebi um Fernet no balcão. Como todos, fiz alguma aposta sobre alguma coisa. Depois comecei o caminho para casa. Na porta do clube encontrei com Torres, o massagista, quase esbarramos. Apertamos as mãos e nos apressamos porque começava a chover. Ele olhou para o céu e me disse: "Aposto que vai chover a noite inteira".

Uma manhã, sentada numa cadeira com as contas do rosário entre as mãos, encontramos tia Elisa morta. Seu rosto parecia pacificado, não havia nele sinais de sofrimento, como se ela tivesse decidido assim. Uma harmonia entre o corpo e a alma, um acompanhando a outra. Essa mesma harmonia foi o que talvez fez com que fosse tanta gente ao velório.

Quando a vi no caixão, experimentei um sentimento estranho: ela estava sozinha como qualquer morto; entretanto, parecia acompanhada. As vizinhas rezando pela sua alma, as crianças visitando-a em silêncio, esses homens de clube que, por um momento, interromperam as piadas macabras e os palavrões.

Ela, que pensava ter passado despercebida na vida, com a morte se fez notar. A vida para ela consistia em não incomodar ao próximo nem queixar-se do seu quinhão na Terra. Tinha pago antecipadamente os gastos do seu próprio enterro. Foi embora da vida como tinha vivido: docemente. Sentia por ela um afeto verdadeiro, profundo, não tinha nada a censurar-lhe, e se isso é bom com um vivo, é muito mais com um morto.

No coração de Avellaneda ficamos sozinhos com Estela Sayago. Ela tinha uma meta na vida: ser enfermeira universitária e, talvez, com o tempo, instrumentadora. Sem nenhuma dúvida o pulso dessa mulher não tremia.

Por esses dias, eu dava uma semana de plantão ativo e outra de plantão passivo. Ao contrário do que eu esperava, Villalba não fez nenhuma alusão à questão do alfinete. Mas eram dias agitados. Eu me sentia importante porque me tinham confiado um aparelho de rádio-chamada para poder localizar-me em qualquer momento da noite.

Nossos jantares se tornavam cada vez mais silenciosos porque vivíamos na expectativa de um acontecimento externo, que dependia do que podia ocorrer no ministério, embora "a política não se leva para casa", como costumava dizer Estela Sayago com uma firmeza e uma convicção absolutas. Então foi uma surpresa para mim quando, num desses jantares, me perguntou:

— O que é que você espera da vida, Carlos?

— Nunca tive isso muito claro. Muito menos desde que Firpo morreu.

— Sim, mas o quê? Dinheiro, poder? Um bom lugar na profissão?

— Suponho que sim.

— E pensar que disse à minha família que me apaixonei por você porque era médico...

Olhei para ela. Nunca tinha me dito que tinha se apaixonado. Também nunca tinha me criticado. É possível que também nossa vida estivesse começando a se complicar. Para que falar destas coisas? Foi isso que eu lhe disse:

— Que sentido tem falar dessas coisas? Se estamos bem assim...

— É que não suporto você não querer progredir na sua carreira.

— Mas, se não temos problemas econômicos... Temos uma casa, um carro, dinheiro guardado...

— E o consultório? Quando você vai montar o consultório?

— Já te disse que a parte assistencial não é o meu forte.

— E qual é o seu forte, Villa? Um médico sem doentes não é um médico.

Escutei me chamar de Villa. Senti que começávamos a nos afastar. Como em outras vezes na minha história, as hierarquias tinham se perdido entre nós. Antes éramos o doutor e a enfermeira; agora, simplesmente, marido e mulher. Estendi minha mão para segurar a dela, para ver se o mundo voltava a ser um lugar seguro. Ela retirou-a, entre zangada e ofendida, e levantou-se da mesa.

Saí a caminhar. Estava perdido na escuridão. Como em outros tempos, pareceu-me ver uma sombra dourada em meio às sombras. Será que Delfo Cabrera ainda treinava para alguma maratona? "Uma corrida de veteranos", pensei. Delfo corria longe das pessoas, longe do mundo, pelas ruas desertas, iluminado pelas antigas medalhas presas na sua camiseta olímpica.

Era outono e o chão estava coberto de folhas. Mal se ouviam os passos de Cabrera. Como em cinqüenta e cinco, o peronismo estava a ponto de voltar a cair e, vinte anos depois, o mundo deixava outra vez de ser um lugar seguro, tão seguro como quando na juventude trabalhei de mosca para algum Olímpico. Nunca para Cabrera, que nem jogava nem bebia, só corria. E corri atrás daquela sombra, indiferente às coisas que aconteciam no mundo, e parecia que meu coração ia se arrebentar numa confusão de sensações em que se misturavam o medo, o desgosto e a solidão.

Eu me sentia só. Firpo tinha morrido, minha tia também. O Polaco tinha ido para algum lugar de Santiago del Estero, não o vi de novo desde a noite do casamento. Ainda ressoavam suas palavras: "Não gosto desse Villalba". E eu sabia que, de algum modo, tinha escolhido Villalba e não o Polaco. As pessoas sempre querem que se esteja de um lado só. O Polaco não me deixou escolha. Eu tinha que fazer minha carreira e Villalba era um degrau para vir a ser um médico, ostentando asas de prata na lapela. Por que isso era tão difícil?

Estela Sayago queria a mesma coisa, e cada vez que eu me desviava desse caminho ela se afastava de mim. Não podia confiar-lhe nenhuma hesitação, porque sua cara se enchia de um desprezo que ela queria dissimular, até que o desprezo chegava aos olhos e começavam a cair umas lágrimas que acho que tentavam apaziguar seu ódio.

Não podia falar com ninguém nem confiar em ninguém. Já não podia me agarrar à cabeça de cavalo. Paradoxalmente, Villalba era a pessoa com quem eu mais falava.

Desde a morte de Perón e desde Ezeiza, Villalba tinha chegado à conclusão de que a segurança dependia mais das comunicações do que das armas. Nesse momento, no ministério tinha muito dinheiro e muito desse orçamento ia parar em Emergências. O dinheiro era distribuído numa função mais social que assistencial. O Departamento se estendeu e, em Ezeiza, perto do aeroporto, construíram galpões que ficavam abarrotados de alimentos e de equipamentos de sobrevivência. Por outro lado, cada vez se faziam mais enterros gratuitos.

Villalba destinava a maior parte do dinheiro a equipamentos de comunicações. Fez um curso de operador de rádio no Correio Central e instalou um equipamento de rádio em sua casa. Colocaram rádios nas ambulâncias, nos *jeeps*, nos automóveis particulares. Eu tinha trocado o Citröen por um Renault e nele instalaram um equipamento de rádio. Estela Sayago estava contente, porque podia falar pelo rádio com sua família, no Chaco. Salinas permitia, porque compartilhava com Villalba do fanatismo pelo rádio. Ele também era radioamador.

Começou a chegar ao escritório o pessoal do tráfego aéreo. Dois deles tinham perdido uma das pernas. O barulho do escritório começou a mudar; ouviam-se os passos de madeira na madeira. A maior parte do tempo o ambiente estava cheio de interferências. Todo o mundo começou a usar fones de ouvido e, para falar, tínhamos que gritar. As paredes foram revestidas de cortiça e todos os empregados, até os datilógrafos, foram obrigados a aprender o código *Q* e a fazer um curso básico de como operar um rádio.

De repente, começamos a falar de Córdoba a Madagascar, só que mudamos de mapa e de alfinetes. Cada contato de rádio que se fazia significava um alfinete no mapa e um cartão que confirmava oficialmente o contato. Os cartões, que chegavam dos lugares mais insólitos do mundo, forraram toda uma parede. Pensei que Villalba tinha ficado louco, como se a realidade não lhe interessasse, e tivesse se afastado do país totalmente.

Eu tinha minha opinião sobre os radioamadores, só que me calava. Dizia a mim mesmo, enquanto os olhava encerrados em sua cabine de vidro: são mensageiros da morte, cavaleiros do Apocalipse. Exageram transmitindo catástrofes, parecem estar à espreita de um cataclisma. Num minuto se comunicam, a mensagem se estende, começam a exagerar e o mundo ameaça explodir a qualquer momento. Mas como falar mal deles se salvam vidas? Impossível, por isso eu ficava cada vez mais só, porque Villalba estava cego.

Os dois que tinham pernas-de-pau — que impunham e se faziam sentir cada vez que entravam no escritório, como se dissessem "Pizarro e Pontorno chegando!" e dançassem entre si uma dança macabra —, levados pelo fanatismo, tentavam sem sucesso ensinar-me a operar o rádio. Eu estava perdido, abobalhado em meio a esses ruídos infernais. A memória era inútil. Não pude aprender a operar nenhum rádio nem consegui que me mandassem nem um só cartão de nenhum lugar do mundo. Portanto, não participava nem da expectativa nem da alegria das manhãs quando a correspondência chegava.

Sentia que estava ficando louco. Com Villalba, ninguém podia falar, só comunicar-se. Nos fins de semana, chamava pelo rádio de sua casa ao meu carro para comunicar qualquer coisa. Queria instalar um rádio na minha casa. Eu também comecei a andar pelo escritório com fones de ouvido. Quando saía à rua, tinha perdido a noção dos ruídos comuns.

Villalba era capaz de fazer qualquer coisa, contanto que conseguisse dinheiro. Sua casa se encheu de aparelhos cada vez mais sofisticados, e ele tinha uma antena que se elevava até o céu como a cúpula de uma igreja.

Para que lhe dessem dinheiro, Villalba precisava de poder. Tinha convencido Salinas de que a rede sanitária era um sucesso, e este convenceu o ministro. Mas os boatos corriam. As pessoas diziam que servia para enviar mensagens cifradas, que quinze caixotes de vacinas eram quinze caixões de defunto, dez equipamentos fora de serviço eram dez mortos; que um equipamento mudo era um seqüestrado a quem não se conseguiu fazer falar. Diziam que Salinas tinha o código cifrado na caixa-forte e que nós éramos cúmplices, porque já não podíamos ignorar que nesse tráfego estávamos sujando as mãos.

Pizarro achava que o que lhe tinha acontecido — um acidente de automóvel — era uma injustiça; portanto, caminhava fazendo ressoar os golpes do seu ressentimento no chão, com o que, além disso, justificava seu caráter ulceroso que o fazia beber quantidades de leite. Por isso as garrafas de leite de Pizarro se juntaram à paisagem.

Pontorno achava que o que ele tinha sofrido — um acidente de moto — era uma desgraça; portanto, conservava em seu caráter certa amabilidade, o que nos permitia conversar de vez em quando. Isto quando estava sozinho, porque, quando se juntava com Pizarro, transformava-se e formava com ele essa espécie de dupla ressentida com o mundo.

Uma vez em que o encontrei sozinho, revelei a Pontorno o que pensava dos radioamadores:

— É um altruísmo exagerado, uma paixão por ajudar ao próximo que às vezes acaba sendo intolerável. Não entendo o que os mantêm acordados por horas e horas — disse, com certo fervor.

— Somos insones, é uma doença. Está comprovado que a maior parte dos radioamadores sofrem de insônia. Alguns saem a caminhar, outros lêem, mas o mais primário no homem é querer falar com outro. É o que acontece conosco. Além disso, cumprimos uma função social. Claro que, como em todos os ofícios, existem caricaturas: Villalba e Pizarro formam parte delas.

Olhei-o e pensei que tinha um aliado. Tinha razão, falar era uma coisa primária no homem. Se pudesse confiar em Pontorno...

— Você se dedicou a ser radioamador depois do acidente?

— Sempre estive por perto, trabalhava na torre de controle do Aeroparque. Mas, depois do acidente, não podia caminhar. E, de noite, a insônia.

— Já experimentou tomar comprimidos para dormir?

— Sim, mas é inútil, você acaba se acostumando. Por um lado, temos a desvantagem de que a lassidão do dormir parece não chegar nunca, mas, por outro, temos a vantagem de viver mais horas que os outros.

— Aqui você está muito confortável. Há muitos equipamentos potentes e modernos. Estranho não ter pego o plantão noturno...

— De noite gosto de ficar em casa, com minha mulher e meus filhos.

— Mas essas vozes, esses lugares remotos, não lhe despertam a curiosidade? Gostaria de conhecê-los algum dia?

— Não, já viajei muito, meu trabalho sempre me permitiu viajar. Pode acontecer alguma coisa parecida com Pizarro. No caso de Villalba, já é diferente, é uma curiosidade exacerbada; se ele pudesse, estaria em todos os lugares ao mesmo tempo, como Deus.

— Acha que é para espionar?

— Não só para isso, Villa. Deus vigia e castiga, mas, às vezes, é dadivoso.

— É preciso muito dinheiro para manter isso.

— Sim, neste momento estamos entre os de primeira linha. E a manutenção é cara. Mas Villalba fez muito. O que começou como uma diversão agora pode cumprir muitas funções. Você vai ver que rápido, além dos seguranças, vão pôr outro tipo de vigilância. Este é um lugar que poderia ser tomado pela subversão.

Não havia nenhum lugar seguro. Olhei para o lado e vi todos esses cartões revestindo a parede. Parecia uma pintura moderna. Minha pergunta era: de onde Villalba tirava tanto dinheiro? Por que lhe destinavam um orçamento tão grande? Perguntei a Pontorno:

— Não acha que é muito dinheiro para a administração pública?

— Sim, mas isto já entra em outras contas. Despesas especiais, contas controladas diretamente pelo ministério e pela Casa de Governo. Isto não é como um daqueles álbuns de fotos que às vezes vejo você observando detidamente e com prazer. Este lugar se transformou.

— Você acha que podem tomar a rádio?

— Está dentro das possibilidades. Acho que ignoram que se trata de uma central de operações onde há aviões, helicópteros, telefones das pessoas mais importantes que rodeiam o ministro e a presidenta. Horários, endereços, até as senhas e um fichário das pessoas mais importantes do país. Além disso, você sabe que basta levantar esse telefone policial para se comunicar diretamente com a casa de um ministro ou de um general. Você mesmo, Villa, pode colocar um avião em movimento. Suponhamos que esteja de plantão, Villalba não está, Salinas foi viajar e o chefe da equipe médica está voando em outro lugar e você tem que decidir movimentar um avião. Dá as instruções e todo um mecanismo põe-se em movimento. Desde a tripulação, no caso dos aviões grandes, até o piloto, no caso do *Guarani* ou de um helicóptero. Depois chama as enfermeiras e as ambulâncias. Percebe? Isto deixou de ser um *hobby* de amadores.

— Villalba e Salinas percebem?

— Sim, mas Villalba cumpre ordens. É Salinas que está a par de tudo: um homem que vem do exército, apesar de agora estar reformado, e que fez parte da segurança de Perón na Espanha. Você não acha que ele tem uma certa experiência, Villa?

— Sim, é verdade, Pontorno, não havia pensado nisso.

Quantas das coisas que Pontorno disse que eu nem sequer tinha imaginado! Imediatamente as relacionei com as ameaças anônimas e com o fato de que o mundo, desde a morte de Firpo, tinha deixado de ser um lugar seguro. Pontorno continuava falando:

— É um momento em que é preciso estar em um lugar ou no outro. Villalba está, está no do poder, só que acha que há um só e que é no que ele está. Mas para conservar esse poder é preciso lutar, é preciso combater. Repito: é um momento no país em que se está de um lado ou do outro. O senhor me entende, doutor Villa?

— Sim, sim, eu penso do mesmo jeito.

— Por isso, doutor, a insônia é uma coisa que fortalece a luta. Não há jogo melhor que o xadrez para exemplificar a tática e a estratégia militar. O xadrez desenvolve a mente, porque você está pensando no próprio movimento, mas também no do adversário.

— Mas o que o xadrez tem a ver com a insônia?

— Nas noites de insônia, jogo xadrez pelo rádio. Mudamos de banda e nos encontramos em outra freqüência e jogamos longas partidas que duram dias, com gente de diferentes lugares do mundo. Apesar de falarmos línguas diferentes, cada um pode saber o que o outro pensa quando a primeira peça se move. Olhe que até Pizarro faz isso quando fica no plantão noturno: muda de banda e começa a jogar xadrez. Acha isso errado? Ou por acaso são melhores os que contam piadas sujas pelo rádio e enchem a freqüência de obscenidades?

— Não, claro.

— O senhor joga xadrez, doutor?

— Apenas os movimentos necessários para iniciar uma partida.

— Deveria aprender, doutor, é muito útil para a vida de hoje.

Eu me despedi de Pontorno angustiado. Além do rádio, agora devia aprender xadrez. Talvez devesse ter ido com Bruno para Doenças Transmissíveis; sempre existia a possibilidade dos trabalhos de campo, as excursões ao interior nos lugares de epidemia. Comentei com minha mulher a conversa com Pontorno. Ela me perguntou:

— Para quem será que ele trabalha?

— Para Salinas.

— Não, falou muito mal de Villalba e tentou fazer você falar. Talvez trabalhe para o próprio Villalba e quis te testar.

— E o que é que eu devo fazer?

— Acho que o melhor é contar para Villalba. Porque, se era uma armadilha, contando você não perde nada e garante a sua confiança. E, se Villalba não souber, você também ganha a sua confiança.

— Sim, mas também falei de Villalba de maneira ambígua.

— Isso não tem importância. Se te perguntar alguma coisa, diga que era só para arrancar informações.

— Mas não é ficar demais nas mãos de Villalba?

— Você tem alternativa?

Afastei-me temporariamente de Pontorno, que tentou se aproximar duas ou três vezes para conversar comigo, mas, diante das minhas evasivas, voltou a se encerrar na cabine de rádio.

Procurei uma oportunidade para conversar a sós com Villalba. Contei a conversa com Pontorno. Por um instante, saiu desse mundo em que estava envolto e me escutou atentamente. Até que me disse:

— Você fez bem em me contar. Pontorno trabalha para o coronel Osinde.

— E por que está no escritório?

— Ele nos foi imposto; coisas da política.

— Mas tem acesso a muita informação.

— Sim, mas não o perdemos de vista. Além disso, acho que está exagerando um pouco. Como todos os homens que têm um problema como o dele.

— E Pizarro?

— Pizarro é de confiança. Apesar de não ser tão simpático quanto Pontorno. Mas acho, Villa, que você deu um passo importante. É hora de conhecer outras pessoas: homens do gabinete do ministro, assessores. Na próxima semana haverá um coquetel na Secretaria Particular e eu vou fazer com que o convidem. Quero lhe apresentar especialmente a duas pessoas. Pode ser que Pontorno esteja exagerando, mas pelo menos numa coisa ele tem razão: é um momento em que é preciso estar de um lado ou do outro. Acho que, para os indecisos, vai ser pior. Ah! Outra coisa: sobre isso, nem uma palavra com ninguém. Nem mesmo com a sua mulher. Esse é o pacto. Está claro?

— Sim, senhor, nem uma palavra.

Ter um pacto secreto com Villalba me dava medo, mas, ao mesmo tempo, despertava certa sensação de poder. Entretanto, esperava que não me propusesse um pacto de sangue como aqueles de que se falava por ali.

No coquetel, as únicas pessoas que eu conhecia eram Salinas e Villalba. Para não fazer um papel ridículo, não desgrudava do lado de Villalba, que se movia muito familiarmente e falava com todos. O poder do ministro consistia na sua ausência. Mandava mensagens de que ia comparecer para depois cancelar sua visita no último momento.

— Ele sempre faz a mesma coisa, nunca se deixa ver em público — disse Villalba num tom tão confidencial que me fez sentir que fazia parte do segredo. Finalmente, me apresentou a dois homens do ministro:

— Villa, apresento-lhe Cummins e Mujica, dois superiores. As ordens deles são como se fossem as minhas. Nunca se esqueça.

— Mas, Villalba, o que o doutor vai pensar de nós? — disse o homem de sobrenome inglês, de modos e traços muito finos e com uns olhos frios de uma cor indefinida. Tudo isso favorecia o enigma que parecia envolver a sua cara.

— É melhor ele saber desde o começo — respondeu-lhe o homem que Villalba disse que se chamava Mujica.

Estendi a mão com convicção, com força.

— Já jogou frontão alguma vez, doutor?

— Sim, senhor, de vez em quando pratico. Como adivinhou?

— Um jogador de frontão sempre reconhece outro. Qualquer dia desses vamos jogar uma partida. Agora, você sabe como é, sempre se aposta alguma coisa — disse Cummins, que se mostrava simpático e loquaz, enquanto Mujica me observava em silêncio.

Estive a ponto de cometer uma indiscrição e dizer que, às vezes, jogava no Arsenal, mas isso teria sido revelar o único lugar secreto que eu tinha na vida. Essa reflexão me deu um pouco de coragem e disse:

— Poderíamos desafiar o senhor Mujica e o senhor Villalba.

— Muito boa idéia, Villa, muito boa idéia — respondeu Cummins, rindo do incômodo evidente de Mujica e do assombro de Villalba. Depois me cumprimentaram e Cummins me disse:

— Nós vamos nos manter em contato, doutor. Se chegarmos a fazer o desafio, vamos chamá-lo.

Villalba pareceu ter ficado satisfeito com a impressão que causei. Até me deu um tapinha no ombro e disse:

— Não se preocupe, Villa. Mujica é calado, mas parece que gostaram de você. É verdade que você joga frontão?

— É, disputei vários campeonatos.

— Quem diria, Villa! Quem diria! A vida nos surpreende o tempo todo!

O comparecimento ao coquetel e as palavras de Villalba me fortaleceram; contei o caso a Estela com certa displicência, mas dando a entender que não estava contando tudo. Ela pareceu desconfiar; no começo, insistiu com algumas perguntas, mas, finalmente, sorriu e disse:

— Hoje você se parece com o Villa de que eu falei aos meus pais.

Estendi a mão num sinal de que tínhamos feito as pazes. Voltei a sentir certa segurança quando ela apertou-a e me puxou pela mão até o quarto. Nessa noite não precisei sair correndo a procura da sombra de Cabrera.

Umas semanas depois, numa madrugada, tocou o telefone da minha casa. Estela se sobressaltou. Atendi e reconheci imediatamente a voz de Cummins; disse a minha mulher para se acalmar, que era uma ligação do ministério.

— A esta hora? — perguntou.

— É, a esta hora — e fiz um sinal para que Estela se acalmasse.

— Desculpe-me, senhor Cummins, sua ligação nos acordou.

— Quando falar comigo diante de outra pessoa, jamais volte a repetir meu nome. Está claro?

— Sim, senhor, desculpe-me.

— O senhor deve imaginar, doutor, que não estou ligando a esta hora para jogar frontão.

— Sim, entendo.

— Precisamos de um pequeno favor.

— Pois não.

— Vista-se e venha a este endereço: Donovan, 44. É uma casa em Quilmes. Não anote o endereço. Grave-o na cabeça.

— Sempre tive uma memória excelente.

— Muito bem, Villa, muito bem. Começamos bem. Quanto acha que vai demorar?

— A esta hora não há trânsito.

— Não pergunte nada a ninguém. Ao chegar à Estação, verá que essa rua é paralela à avenida. Aí começa a rua, siga direto para o número que lhe dei. Não demore.

— Estou saindo para lá.

— Traga um estojo.

Senti a terra se abrindo sob os meus pés. Uma emergência era uma coisa que eu nunca quis enfrentar na vida. Pedi a Estela para me emprestar o seu estojo que era excelente. Ela me perguntou:

— Quer que eu te acompanhe?

— Não é possível — disse, percebendo que era a primeira vez que eu lhe dava essa resposta. Ela notou e disse:

— Tome cuidado, Villa.

A casa era modesta, como muitas das que havia em Quilmes, de alvenaria por fora e de zinco e madeira por dentro. Não sei o que gente como Cummins e Mujica podia estar fazendo ali, mas também não sabia o que era que eu estava fazendo. Havia uma pequena sala de jantar com uma mesa, umas cadeiras, um aparador pintado de branco usado como armário. Muito pouca luz, mas o suficiente para ver pendurado na parede o pôster de um time de futebol. Cummins e Mujica me fizeram entrar num dormitório também simples onde havia um homem estendido numa cama.

— Está ferido na coxa, foi num confronto, é um dos nossos. Está com hemorragia, perdendo muito sangue. Examine-o, Villa — disse Cummins.

Aproximei-me quase na escuridão e agradeci que a pouca luz me impedisse de ver o sangue, apesar de sentir o cheiro e até apalpar essa consistência pegajosa. O homem respirava com dificuldade.

— Está em choque — disse-lhes. — Vou aplicar um calmante.

Era uma coisa tão geral que não me comprometia e, enquanto, isso, podia ganhar tempo. Depois de aplicar a injeção, retirei como pude as toalhas ensangüentadas e tratei de olhar a ferida, desinfetei e armei um torniquete:

— É preciso transferi-lo imediatamente para parar a hemorragia. O tiro pode ter comprometido uma artéria, uma veia. É preciso interná-lo, se não, vai sangrar até morrer.

— Procure o lugar, Villa.

— Mas, senhor Cummins, é preciso dar parte na polícia, em qualquer hospital vão perguntar.

— Nós ficamos responsáveis por isso, não se preocupe. Você procure o lugar e o modo. Pode ser transportado de carro ou tem que ser de ambulância?

— Não devemos demorar, não podemos perder tempo. Temos que levá-lo até o carro. Vamos ao hospital de Quilmes.

— Sempre é bom ter um médico amigo à mão — disse Cummins, enquanto me dava um tapinha nas costas.

Colocamos o ferido no carro e indiquei o endereço do hospital de Quilmes. Disse-lhes:

— No plantão vão querer saber como aconteceu.

— Já disse que nós cuidamos disso, Villa. Você trate de fazer com que chegue vivo ao hospital e encarregue-se de interná-lo — respondeu Cummins.

Mujica não tinha dito nem uma só palavra, mas quando falou o mundo caiu sobre mim.

— Alguém como você, doutor, capaz de roubar um morto — porque sabemos que ficou com o alfinete de Firpo, como Villalba nos contou — deve ser um homem de coragem...

Villalba tinha me delatado. A cabeça de cavalo me deixava em suas mãos.

Eles tinham razão: eu me encarreguei de internar o doente e eles cuidaram da polícia.

Passaram-se várias semanas sem que Cummins nem Mujica voltassem a se comunicar comigo. Naquela manhã, minha mulher me perguntou o que tinha acontecido nessa noite. Acho que não contei porque não pude decidir o que eu achava mais terrível: que ela me deixasse ou que acabasse aceitando o fato.

O encontro seguinte foi numa manhã diáfana à luz de um sol esplêndido que entrava pelo gabinete de Cummins. Sempre estava com Mujica, como se fossem gêmeos. Não nos víamos desde aquela vez com o corpo ensangüentado entre nós. Cummins cumprimentou-me efusivamente e disse:

— Como demora essa partida de frontão! É que o país está cada vez mais complicado. Mas vamos atacá-lo golpe a golpe. Você me entende, doutor?

— Sim, perfeitamente.

— Lembra-se de Mujica? Sempre tenho que fazer um esforço para que vocês se entendam. Mas o chamei para outra coisa. Preciso que me assine um atestado de óbito para um parente.

— Morreu de quê?

— Isso é o senhor que tem que pôr, doutor.

— Onde está o corpo, senhor?

— O corpo, o corpo! Hoje todos parecem preocupados com essa questão. Lopresti já cuidou disso, você só tem que assinar o atestado. Os papéis estão em ordem e a funerária se encarrega de toda a tramitação do cemitério.

— Sim, senhor. Mas eu precisaria ver o corpo. Por aquilo que o senhor mesmo diz: para desmentir os boatos.

— Que boatos, Villa? — perguntou Mujica, mudando o tom de voz e dando outro rumo à conversa.

— Dizem por aí que Emergências é usada para misturar caixões legais com caixões clandestinos.

— Você não confia em nós, Villa? — perguntou Mujica.

— Não se trata disso. É pela segurança de todos.

— Você preocupe-se com a sua. Da nossa cuidamos nós. Se estamos dizendo que não tem problema nenhum, é porque não tem. Ou prefere que procuremos outro médico?

— Não, senhor, deixe que eu preencho.

— Parada respiratória traumática — asseverou Cummins.

— Sim, senhor. Em nome de quem?

— Eu já disse uma vez que o nome não tem importância. Está claro, Villa? Homem, mulher, dá na mesma. Já está morto, está dentro do caixão, ninguém vai descobrir. Poderia pôr mulher e ter um homem dentro do caixão, ou vice-versa. Dentro do caixão poderia estar Drácula. Isso não é da sua conta. Você só tem que pôr a assinatura.

— Está bem — disse, enquanto assinava o que acreditava ser o meu próprio atestado de óbito. Ao mesmo tempo, pensava em toda a importância da assinatura de um ministério e em Firpo, que tinha razão quando falava do tráfico de caixões.

— Obrigado, Villa, agora relaxemos um pouco. Você sabe que a organização presidida pelo ministro deposita automaticamente dinheiro numa conta no exterior. Agora o seu negócio é só um número.

— Mas eu nunca quis dinheiro. Nunca fiz nada para ganhar mais dinheiro do que recebo pelas minhas funções.

— O dinheiro mantém a boca fechada. E só a dor a abre. Por hora estamos falando de dinheiro. Mas, volto a dizer, relaxemos. Onde você joga frontão?

— Em Avellaneda.

— Que bom, Villa, que bom! Tenho alguns amigos em Avellaneda.

Eu só esperava quando ia ser a próxima vez. Se de noite ou à luz do dia. Se bem que a noite é inquietante, em certo sentido protege, porque torna tudo um pouco mais dissimulado. Em compensação, a luz do dia costuma ser impiedosa. Não há como refugiar-se dessa claridade que começa pela cara, quando você se olha no espelho, desnudando cada traço até ter a sensação de que realmente se poderia chegar até a alma. Desde que estudei medicina, essa era a minha maneira de imaginar uma endoscopia: uma luz muito forte, como um raio de uma coloração penetrante, desses que você vê nos santinhos, mergulhando nas profundezas dos órgãos até encontrar o coração.

Esses dois homens tinham mudado a minha vida. Era isso mesmo? Ou era uma série de acontecimentos que foram se acumulando um atrás do outro com uma lógica implacável? A morte de Firpo foi decisiva, tinha me deixado sem opções. Depois, como fazer para retroceder? Não tinha coragem para tirar minha própria vida. Sim, tinha pensado em escapar. Mas quem pode escapar dos acontecimentos que o envolvem?

Pensar dessa forma me tranqüilizou: eu era uma folha na tempestade, uma folha arrastada pelo vento.

Só me restava esperar, e esperei. E a ligação chegou. Também foi de madrugada, e desta vez já não nos sobressaltamos, nem minha mulher me perguntou nada. Só me disse:

— O estojo está completo.

Nem ao menos sugeriu, como da vez anterior, que eu tomasse cuidado.

Desta vez o assunto era na região de Florida, na rua Umbu. Impossível esquecer o nome e Cummins fez uma piada:

— Venha pela sombra, Villa.

No lugar havia um enorme galpão onde funcionava uma fábrica de arruelas de borracha. Não parecia abandonada, de dia deveria ser um lugar em atividade. Sobre o galpão tinham construído uma espécie de escritório ou moradia. Mujica saiu à porta para me esperar e não trocamos mais que um cumprimento durante o trajeto. O lugar estava pouco iluminado, havia um cheiro como de borracha queimada. Cummins me disse:

— Chegou mais rápido do que pensávamos, com certeza veio pela Panamericana.

— Sim, peguei esse caminho.

— Olhe, Villa, temos um problema.

— O senhor manda.

— Entre, venha comigo.

Atrás do escritório havia um quarto. Uma mesa, uma cadeira, um abajur e uma cama, um homem estendido. Estava com os pés e as mãos amarrados às costas. No que parecia ser um lençol, havia manchas de sangue. Chamou minha atenção que estivesse só de cueca. Parecia inconsciente.

— Esse é o problema — disse Cummins, apontando para a cama.

Aproximei-me do homem enrolado em posição fetal; estava inconsciente. Percebi que tinha todo o corpo cheio de hematomas. Virei-o e vi que sua cara estava quase desfigurada. Medi sua pressão, auscultei o coração. O homem parecia estar sem reflexos. Procurei comprovar se tinha levado golpes na cabeça e encontrei dois hematomas como se tivessem batido com um cassetete.

— Pode fazer alguma coisa para reanimá-lo? — perguntou Cummins.

— Acho que não. Está inconsciente.

— O que quer dizer isso? — perguntou Mujica.

— Que está mal.

— Desta vez não podemos levá-lo a um hospital. Que tipo de atendimento seria necessário?

— Precisa de intubação, tirar radiografias da cabeça, do tórax.

— Nada disso pode ser feito.

— O senhor me perguntou — disse a Cummins, com certa irritação.

Os dois ficaram em silêncio. Voltei a examiná-lo e notei que havia queimaduras no baixo ventre. Tinha levado choque. Havia um cheiro insuportável, uma mistura de carne queimada e excrementos. O mesmo cheiro que senti da primeira vez que fui ao sul com Firpo e trouxemos os queimados de um navio petroleiro que tinha se incendiado. O cheiro a bordo também era insuportável, vomitei duas vezes. Na segunda, Firpo disse: "Você já vai se acostumar, Villa". Enquanto isso, eu me aproximava desses despojos envolvidos em faixas que pareciam múmias viventes até que um sussurou: "Jogue-me do avião, rapaz, jogue-me, não agüento mais esta dor. Mate-me, rapaz, não me deixe sofrer assim".

Pensei que, se este homem pudesse falar, diria a mesma coisa, só que eu já não era um rapaz. E pensei: ainda bem que não pode falar, ainda bem que está com os olhos fechados, se não, eu veria todo o sofrimento nesses olhos. No seu estado, morreria em poucas horas.

— É preciso levá-lo a um hospital, se não, vai morrer — disse a Cummins.

— Não há um jeito de reanimá-lo? Temos que fazê-lo falar, ele tem dados importantes, estão preparando um atentado contra o ministro. E ele é parte de uma pista.

— Este homem não vai falar por um bom tempo.

— Mas não existe nenhuma injeção? Tem que haver um jeito de fazê-lo reagir! Se agüentou tanto, tem que poder agüentar um pouco mais! — disse Cummins com raiva, chateado, porque o homem podia ter decidido morrer.

— Eu te disse que era grelha demais — censurou-lhe Mujica. — Entrou em choque, ninguém resiste tanto. Enquanto estava consciente, sabe-se lá que coisa o fazia calar: os ideais, não se converter num delator, não saber nada de verdade ou agarrar-se a alguma puta idéia que não tinha nada a ver com tudo isso. Eu te disse, o sujeito não está aqui, está agarrado em alguma coisa. O corpo está, mas a cabeça voou, a alma se desprendeu do corpo. Sabe-se lá para onde..., mas não tem outro jeito. Eu experimentei em mim mesmo: até onde pude agüentar a dor. Fiz isso, e o único jeito era não estar ali. Pensava na primeira mulher que comi, na cor de um cachorro que tive quando era criança e que se perdeu num Natal. Eu me dei choque até desmaiar.

— Quer ver como não estou mentindo? — continuou dizendo Mujica e levantou a camisa e mostrou a Cummins as marcas de queimadura no corpo.

— Com cigarros, com o ferro, até desmaiar; era o único jeito de saber até onde podia agüentar. Assim, gradualmente, até usar o choque — Mujica não parava de falar:

— Cummins, não sei por que você chamou este inútil, que não

serve para nada. Este homem já é um morto. Não é preciso um médico, é preciso um buraco onde deixá-lo. E estou cansado do seu estilo meloso com este Villa. É melhor ele saber de uma vez do que se trata, porque ele também está até o pescoço. Estou farto da sua inocência e de ele ficar distraído como se fosse um convidado de pedra. Fique sabendo, Villa, que você também faz parte do festim.

—Você está exagerando, Mujica — disse Cummins, como única resposta.

— Sim, provavelmente, mas chega de comédia. Este é o meu trabalho, preciso dessa informação e faço o possível para obtê-la. Se ele morrer, fiz mal o meu trabalho, isso é tudo. Depois, o que acontecer com este porco, se ele morrer, se sofrer, nem me interessa, nem me faz perder o sono. A única coisa que precisava saber era se podia viver ou não, e percebia que não pelo tanto que já tinha resistido; para isso, precisava deste doutor. Agora diga a ele para ir embora, porque nós temos que continuar trabalhando. Quero dizer que não podemos deixá-lo aqui nem em nenhum lugar onde fique vivo.

— É sua última palavra como médico, Villa?

— Sim, senhor — respondi a Cummins.

— Então vá embora e nos deixe sozinhos.

Minhas pernas tremiam. Como daquela vez no sul, logo que saí vomitei tudo. Não podia tirar do nariz o cheiro de queimado. "Invadiu minha pituitária", disse para mim mesmo. Estava sufocado. Acendi um cigarro e enchi as narinas de fumaça. Fui até o carro e comecei a dirigir do norte para o sul.

Quando cheguei em casa, Estela fingia dormir. Precisava tomar um banho. Entrei debaixo do chuveiro e fiquei um bom tempo. De quando em quando, saía para aspirar a loção de barbear. Não queria sair do banheiro, queria ficar envolto nesse cheiro agradável, embarcar no vapor meio apagado desenhado no frasco de *Old Spice*. "Você gostaria de puxar o carro", diria o Polaco, e teria razão.

Em algum momento tive que sair do banheiro e me deitar ao lado da minha mulher, enquanto pensava no corpo estendido sobre a cama, com o baixo ventre todo queimado. E não senti nenhum remorso, não podia fazer nada por ele, nem ao menos aliviar sua dor. Somente me perguntava duas coisas. A primeira era quando voltariam a me chamar, apesar de que, depois das palavras de Mujica, talvez nunca mais fizessem isso de novo. A outra era se, depois dessa noite, cada vez que fechasse os olhos, ia poder tirar essas imagens da cabeça.

Uma de minhas perguntas obteve resposta: basta o tempo para se começar a esquecer. E os acontecimentos estavam me dando tempo. O lópezrreguismo tinha entrado em confronto total com os sindicalistas, os militares e até com parte da Igreja.

Os dias passavam e esses dois homens não apareciam na minha vida. Perguntei a Villalba por Cummins e Mujica, e ele respondeu:

— Viajaram para o interior, acho que para Córdoba. Essa província sempre foi difícil.

— Sim, o senhor tem razão, historicamente tem sido assim para o peronismo.

— É um segredo, Villa, não diga a ninguém, mas o lópezrreguismo, apesar de ter surgido do peronismo, acho que se diferenciou dele como uma força política própria. São palavras de Cummins.

— Se Cummins diz... — respondi a Villalba que já me tinha dado as costas para cuidar da correspondência, esperando a chegada de cartões de sabe-se lá que lugar do mundo.

Fiquei sozinho. Pensei em ligar para minha mulher; hoje era nosso aniversário de começo de namoro: os dois considerávamos como data aquela viagem a Resistência. Voltei a me perguntar quem seria aquele Núñez que levávamos no caixão. Pensei na amizade entre Villalba e Lopresti. Pelo que eu sabia de Villalba, todos os papéis deviam estar em ordem e tudo devia ser legal.

As palavras de Mujica sobre o roubo do alfinete de gravata tinham mudado a minha vida. Pude ir apagando as imagens, mas não as suas palavras. Talvez ser um pouco inútil serviria para me salvar. Precisava juntar papéis, anotar todos os dados possíveis, precisava de provas — para o caso do lópezrreguismo cair — de que tinha agido por coação. E o dinheiro? Sempre esteve numa conta, nunca o tinha aceitado. Precisava me proteger: ia fazer um relatório com tudo, desde o primeiro dia em que Villalba me apresentou a Cummins e a Mujica.

Comecei a trabalhar às cegas, sem rumo fixo, porque minha cabeça rodava quando checava os arquivos e encontrava todos os que havia com a capa de "Ministério do Bem-estar Social. Ref. Transferências Lopresti". Durante esses anos, estatisticamente tínhamos transportado mais de duzentas pessoas. Todas com subsídio, todas da capital para o interior, todas pela mesma funerária. As folhas começaram a se acumular: tirava fotocópias e guardava no cofre do Arsenal. Por outro lado, recorria à minha memória, recordava conversas, dados que, chegado o momento, poderia fornecer se me pedissem.

Confiava na minha memória. Como quando estudava medicina e aprendia tudo decorando: tinha músculos e vísceras na cabeça. Memorizava cada parte do corpo e, para os exames, recorria a regras mnemotécnicas: "Mamãe é acrobata em dois circos". A frase resumia o mundo das artérias, esse mundo que para o homem baleado havia estourado na sua perna, e me lembrei dela quando fiz o torniquete. Mamãe, as mamárias internas e externas; é: a escapular; dois: as duas circunflexas, externa e interna. Cada vez que tentava memorizá-la me lembrava desses dois acrobatas russos caminhando por um fio sobre a 9 de Julho, caminhando tão alto quanto o obelisco, e minha tia dizendo: "Caminham como Jesus caminhava sobre a água". "Como se equilibram, tia?", eu perguntava. E ela respondia: "Porque têm fé, por isso podem ficar tão concentrados".

Depois havia minha outra regra mnemotécnica favorita: "Perón fala de fora pelo rádio". Perón era perônio, o osso externo; tíbia, o interno. Rádio e cúbito, ossos do antebraço; rádio, o externo e cúbito, o interno. Esse era o meu mundo: tinha que localizar o que estava fora e o que estava dentro. E assim era montado esse corpo que adquiria voz cada vez que Perón falava pela Rádio Colônia, quando durante o dia tinha corrido o boato de que ia falar do exílio em algum momento da noite. Depois, a frustração de uma espera interminável até que chegava o comentário de algum morador que informava: "A Libertadora interferiu em todas as rádios". E era assim até o próximo boato: Perón fala do estrangeiro pelo rádio.

Comecei a escrever num código secreto. Sabia que os outros também falavam em código. Em certo momento, pelo rádio, deixaram de falar do ministro e todas as mensagens eram dirigidas ao Irmão Daniel. Lembrei-me do pacto de sangue entre Villalba e Salinas e me perguntei se Villalba também era um irmão e se Mujica e Cummins queriam que eu entrasse para essa irmandade.

Confiava na minha memória e na pasta que guardava no cofre do Arsenal. Ali estava a história de Cummins, de Mujica, de Villalba e também a minha própria história, todas montadas como esses esqueletos bamboleantes que minha memória unia. Só eu tinha o código, porque o fiz com as mesmas regras mnemotécnicas que tinha usado para estudar anatomia.

Voltava uma vez ou outra ao Arsenal para ir acrescentando novos dados e números nas pastas. Fiz uma estatística da quantidade de falecidos que tínhamos transportado e quantos sem nome havia entre eles. Nessa noite, como em todas as dos últimos tempos, voltei a olhar para a meia-medalha e a cabeça de cavalo. Também tive que fazer uma aposta. Salguero me disse:

— Aposto que em menos de três meses Isabelita cai.

— Mas isso é muito tempo, falta o verão inteiro. Acabamos de entrar em dezembro.

— Você deveria saber, está lá dentro, Villa. Você corre com o cavalo do delegado.

Eu já não sabia com que cavalo corria, porque o de Firpo tinha morrido, e eu só tinha uma jóia desconjuntada, inútil, apenas uma recordação para esconder.

Cummins e Mujica voltaram.

— Estão muito nervosos — disse-me Villalba num tom quase confidencial.

— Sabe, o erro da luta que eles levam adiante é que cheira

muito a vingança pessoal. É necessário alguma coisa mais sistematizada, por isso eu montei este sistema de comunicações. Isto tem que dar uma virada; sei do que estou falando, aprendi estratégia no curso de defesa nacional. É preciso estar preparado para o dia de amanhã.

— É, isto é uma partida de xadrez — respondi, percebendo que repetia as palavras de Pontorno sem saber muito bem o que dizia.

— No nosso caso, Villa — porque você como eu é um funcionário de carreira e nem Cummins nem Mujica são, nunca se esqueça — é esperar. Não é hora de agir. Você sabe, Villa, todos os papéis de Emergências estão limpos.

— Eu sei, o senhor sempre se preocupou com isso.

— Neste momento tenho outras preocupações, Villa.

— Quais?

— A virada, eu já disse, o problema é a virada. Acho que o pessoal que cercava o ministro o conduziu a um beco sem saída. Você sabe, eu ando por muitos lados, tenho muitas relações. Nunca se deve apostar num cavalo só. Falando nisso, você ainda guarda o de Firpo?

— Guardo.

— Deveria usá-lo, já que ele lhe deu de presente.

— Tenho medo de perdê-lo.

— Tem razão, Villa, essas coisas a gente acaba não usando por medo de perdê-las ou de que sejam roubadas.

Sorri da ironia de Villalba, já sabia que sua delação tinha me colocado nas mãos de Cummins e de Mujica.

Com essa conversa, começou a manhã no ministério. Desconfiava de Villalba, mas me parecia que, sobre o assunto da virada, tinha sido sincero. Ele mesmo precisava falar com alguém e deveria considerar que falar comigo era uma maneira de falar em voz alta. Entretanto, traduzi a conversa com Villalba para o meu código cifrado.

Nesse dia, o clima no ministério estava muito alterado. Tinha acontecido um atentado, uma bomba fez altos funcionários da polícia voarem pelos ares. Os boatos da secretaria particular do ministro e o rádio falavam da detenção de um dos agressores, enquanto outros tinham escapado ou morrido num confronto com a polícia.

Nessa mesma tarde, Villalba me disse, recordando a conversa da manhã:

— Com certeza, Villa, amanhã aparecerão dois ou três cadáveres. É como eu sempre digo: é preciso acabar com a vingança e passar a implementar uma estratégia sistemática.

— Sim, o senhor tinha razão.

— Com certeza, Villa. E digo isso porque qualquer dia nós podemos ser vítimas de um atentado. Como Pontorno sempre diz, há muito poder concentrado neste escritório. Bum e voamos pelos ares. É um segundo.

— Hoje estamos todos muito impressionados.

— É verdade, Villa, temos tempo. Não devemos nos deixar levar pelos acontecimentos. É preciso sempre estar além deles.

— É — respondi a Villalba, tentando convencer a mim mesmo do que dizia. Percebi que estava só. Villalba, pelo menos, tinha a mim para refletir em voz alta, mas eu não podia contar nem mesmo com a minha mulher, e o Polaco teria me desprezado. Acho que já me desprezava da última vez, na noite do casamento; mas eu estava só e minha única arma era fazer esse relatório que me permitiria aguardar o dia de amanhã com alguma possibilidade de voltar a me colocar.

Fui buscar o carro na garagem e estranhei não ter a quem levar. Já não tinha a plantação para escapar e só me restava voltar ao Arsenal. Minha mulher tinha aproveitado um vôo até Resistência para ir visitar os seus parentes. O dia passou assim, entre a incerteza e o temor.

Estava em dúvida entre comer sozinho ou ir comer no clube. Olhei no armário modulado a foto que tinha com minha mulher. Pareceu-me distante. Na paisagem não havia nenhuma plantação, unicamente um funicular e umas serras. Era assim que eu parecia estar: suspenso no ar.

Decidi ir ao clube para acrescentar algumas anotações à pasta sobre o atentado e a virada de que Villalba me falou. Uma virada era o que eu não podia dar na minha vida.

Cheguei ao clube, cumprimentei e me sentei ao balcão para pedir alguma. Estavam Paiva e Pereyra. Começaram a falar entre eles, como sempre, para me encher um pouco a paciência.

— Você deixaria o Villa te cortar?

— Nem louco.

— Mesmo que estivesse morrendo e tivessem que te operar?

— Nem louco.

— Por quê?

— Porque quando ele toma um copinho de genebra suas mãos tremem.

— Bêbado?

— Não; medroso.

Com eles era sempre assim, nunca nos entendemos. Tinham inveja de mim por eu ser médico; eu os achava superiores porque eram campeões de frontão. Eles continuaram falando:

— Aposto que Villa levou a sério.

— Por quê?

— Porque ele leva tudo a sério.

Também, como de costume, se aproximaram, me deram um tapinha no ombro e me convidaram para jogar frontão. Como Mujica e Cummins, eram inseparáveis. Eu disse que estava cansado, que o dia tinha sido muito longo e que queria voltar cedo para casa. Se tivesse dito que estava sozinho, teriam me convidado para sair com alguma puta. Saíam todas as noites com putas e sempre arrastavam alguém.

Quando fechei o cofre, depois de guardar a última anotação na pasta, senti um alívio: pelo menos até o dia seguinte podia me esquecer da história. Voltei andando. Estava escuro. Como estava com medo, comecei a cantar.

Eram dias de terror. Entretanto, paradoxalmente, nessa noite eu estava mais tranqüilo, como se o círculo tivesse se fechado e o poder de Cummins e de Mujica tivesse se circunscrito a essas cinqüenta folhas de papel timbrado.

Sem Estela, a casa parecia desabitada; até eu me transformava num estranho, por ignorar onde ficava cada coisa. Precisava dormir e, coisa incomum em mim, pensei em tomar um pouco de uísque.

Fui caindo no sono no sofá da sala de jantar enquanto ensaiava novas regras mnemotécnicas e o mundo virava um lugar tranqüilo e aprazível. A ligação me surpreendeu. Desta vez era a voz de Mujica:

— Villa, vista-se e venha a este endereço: Manuel Ugarte, 1423, térreo. É uma casa.

— Já estou vestido.

— Melhor, assim chega mais rápido.

— Onde fica essa rua?

— Em Núñez, a dois quarteirões do estádio do River.

— Vou demorar cerca de uma hora.

— Venha o mais depressa possível.

— E Cummins? — perguntei, de um jeito quase impertinente, como se o fato de ter falado Mujica — a quem, entretanto, eu temia mais — me tivesse feito pensar por um instante que esses dois homens poderiam ter rompido sua união indestrutível.

— Está aqui do meu lado, Villa, não perca tempo com perguntas estúpidas — respondeu Mujica, e desligou o telefone.

Enquanto dirigia, liguei o transmissor. Ouvi a voz de Pizarro enviando uma mensagem a alguma província. Coisas caseiras, datas de viagens, algum nascimento, alguma morte. Tudo com o mesmo tom de voz. Fiquei tentado a entrar na rede e passar uma mensagem, comunicando a Villalba que eu estava fazendo um transporte oficial a pedido de Mujica. Isso me garantiria que, ao menos por algumas horas, saberiam o meu paradeiro. A voz de Mujica tinha-me soado estranha. Bom, eu podia contar com o *handy talkie*. Verifiquei se estava carregado. Não tinha bateria, não sabia se o que me restava de viagem seria suficiente para recarregá-lo. Estava à altura dos quartéis de Palermo e fui surpreendido por uma *blitz*. Isso iria me atrasar. Com certeza estavam atrás do pessoal que fez o atentado. A antena do rádio e o *handy talkie* despertariam suspeitas. Procurei a credencial do ministério.

Quando parei o carro, o oficial se aproximou e, sem me deixar falar, obrigou-me a descer. Queriam revistar o carro.

— E esta antena? — perguntou.

— Sou servidor público — respondi.

— De que repartição?

— Ministério do Bem-estar Social.

— A menina dos olhos.

— Não estou entendendo, oficial. Aqui está a minha credencial, sou médico.

— Você acha que isso é uma garantia? Como vou saber se não vai cuidar de um terrorista?

— Trabalho para o Governo.

— Hoje em dia isso também não é uma garantia.

— Oficial, vou visitar um doente, parente de um funcionário. Chamaram-me com certa urgência.

— Não há nada, está limpo — disse um suboficial que se aproximou.

— Prossiga, doutor. Espero que tenha uma boa noite.

Olhei a hora e pisei no acelerador. Como ia explicar a Mujica que uma *blitz* tinha me parado? Ia me perguntar: "Você mostrou a credencial?". Como se essas asas vermelhas abrissem todas as portas. Como se a assinatura do Irmão Daniel servisse para impor autoridade e terror, o mesmo terror que ia se apoderando de mim à medida que me aproximava do lugar. Até que ver o estádio do River, deserto e silencioso como um enorme animal apagado, me fez perceber que não havia ninguém pelas ruas. Somente eu, com meu carro, indo ao encontro de Mujica e Cummins.

A casa ficava a dois quarteirões da ferrovia. Guardei na memória que do lado direito havia uma quitanda e, do lado esquerdo, uma peixaria. O cheiro de ambas era inconfundível. Na verdade, não era uma casa, e sim um chalé construído por volta dos 50. Estilo americano; com certeza tinha sido a casa de um arquiteto: demasiados detalhes bem cuidados. A porta da garagem era uma grade negra que contrastava com o bom gosto do resto das coisas. Passou pela minha cabeça que era ali, que esse era o lugar que usavam para torturar; mas, em seguida, pensei que era muito perto da rua e os gritos podiam ser ouvidos de fora. Vi a sombra de Mujica me esperando na varanda. Estava tudo fechado, as venezianas fechadas; se não fosse pela sombra e por Mujica no vestíbulo, pareceria a casa de alguém que tivesse saído de férias.

Entrei, e comigo entrou a sombra de Mujica, que me conduziu diretamente ao que poderia ser um porão ou um lenheiro, onde havia cheiro de umidade e desapareciam os ruídos do mundo, ficando só a boca da sua lanterna guiando-me por uma escada de vinte degraus. Eu os contei.

Meus ouvidos zumbiam e minhas mãos tremiam. Na escuridão, procurei as asas de metal e toquei-as para dar sorte. Era como se entrasse no fundo da Terra, como se desta vez tivesse mergulhado com Mujica e Cummins nas entranhas de alguma coisa horrenda, e o destino fosse nos unir para sempre depois de eu pisar no último degrau e avançar na direção de Cummins detrás de uma fenda de luz que se deixava ver através da porta.

Cummins estava de pé, emoldurado por uma luz que parecia o cenário de um teatro onde ele estivesse me esperando para sair à cena, e a luz o seguisse passo a passo. O lenheiro tinha uma pequena porta. Sabia que Mujica e Cummins tinham me chamado essa noite pelo que havia por trás dessa porta.

Cummins abandonou o raio de luz, estendeu-me a mão e disse:

— Villa, é importante que você possa fazê-la reagir.

— É uma mulher?

— Um inimigo não tem sexo — respondeu Cummins.

— Sim, senhor.

— É importante que fale, tem ligação com o atentado a bomba

desta manhã. O ministro está furioso, porque um desses policiais era da irmandade.

— Por que lhe está contando isso? — perguntou Mujica a Cummins como uma censura.

— Para que ele não ignore a responsabilidade que tem.

Fiquei impressionado de ser uma mulher, as palavras de Cummins tinham deixado entrever essa possibilidade. Esperava que essa vida não dependesse dos meus conhecimentos médicos. Tratava-se unicamente de fazê-la reagir. O estojo era um peso que me sustentava sobre a terra, era uma maneira de segurar a mão de Estela Sayago, já que tinha sido preparado por ela mesma.

Cummins tinha se afastado da porta que agora já não parecia pequena, mas sim tão gigantesca que era difícil empurrá-la. Entrei num vapor onde se misturavam a fumaça e o cheiro de excrementos. Disse a mim mesmo: "deram choque nela" e percebi, mesmo sem vê-la, que já tinha certeza de que era uma mulher.

O corpo estava sobre um catre. A roupa despertava uma ambigüidade vertiginosa. Roupa de combate ou de faxina, borzeguins, apesar do calor. Parecia um soldadinho. Mas isso que estava sobre a cama era miúdo. Estava de costas, com a cabeça afundada no travesseiro. Tinha cabelos curtos, quase militares. Cabelos escuros misturados com um pouco de sangue. Na orelha direita, um brinquinho. Cummins tinha dito a verdade, era uma mulher. Parecia estar inconsciente.

— Temos medo de que tenha uma parada, Villa — disse Cummins, num tom entre de consulta e conciliatório.

— Bateram muito nela?

— O de sempre — respondeu Mujica.

— Não está ferida a bala?

— Não, só apanhou e levou choque. Está claro, Villa? Ou você não reconheceu o cheiro de merda que tem neste lugar?

Havia um ponto em que Mujica deixava de me provocar medo e passava a me provocar irritação. A mesma que causava em Cummins. Acho que isso me fez falar.

— Como se deixou capturar viva?

— Para seus companheiros poderem escapar. Ela nos distraiu, atirou tudo o que tinha e depois fomos para cima.

— Por que não tomou o comprimido?

— Por uma questão de tempo. Precisava dar tempo a eles. Depois foi ela que não teve tempo, sua cabeça estava concentrada em nos distrair para os outros poderem escapar. Foi assim porque, quando a revistamos, encontramos o comprimido.

— Está gemendo, parece que está voltando a si — disse Mujica.

— Isso não quer dizer nada, preciso examiná-la.

— É o que estamos esperando. Ou você acha que foi convidado para uma festa? — recriminou-me Mujica.

— Preciso de espaço. Mujica, afaste-se, está tapando a luz. É necessário ar, isto está muito fechado, não há uma janela sequer. O ar está viciado. Vou colocar-lhe o respirador manual, mas quatro pessoas consomem mais oxigênio que duas. Por que não esperam lá fora? Isto vai levar um tempo.

Tinha falado com uma autoridade médica que nem eu mesmo conhecia. Entretanto, deu resultado: tanto que tive coragem de dizer para Mujica ir até o carro buscar no porta-malas a maleta com o ressuscitador. Passei-lhe as chaves e ele me olhou, esperando só o momento em que começaria a poder prescindir de minha ajuda. Notava-se nos seus olhos que esperava por esse momento.

Fiquei no mesmo lugar e na mesma posição até ele regressar, para que percebesse que o ressuscitador era muito importante. Quando me entregou, fiz sinal para que se retirasse, mas antes pedi as chaves do carro. Era melhor tê-las comigo, pelo que pudesse acontecer.

Peguei a maleta com a cruz vermelha na tampa. Achei que era mais pesada do que quando a levava nos meus tempos de auxiliar de bordo. Ali havia um pequeno cilindro de oxigênio e o estojo maior para cirurgias mais complexas.

Abri. Estava completo. Lembrei-me de cor de cada compartimento e de para que servia cada coisa. Tirei o respirador e o pus sobre a mesa para o caso de precisar dele e me aproximei do corpo que jazia sobre a cama. Tomei o pulso, depois auscultei.

Virei-a: tinham destroçado a cara dela. Pela cara podia ser qualquer coisa: um homem, uma mulher. Um resto de venda lhe cobria o rosto. Respirava com dificuldade, e o que Mujica chamava de resmungos eram gestos e sons de pânico instintivo como reação frente aos golpes. Como se, apesar de estar desvanecida, o tempo todo ameaçasse levar a mão à cara.

Procurei amoníaco no estojo para ver se isso a reanimava. Fiz com que aspirasse, parecia poder reagir, mas caía novamente num torpor.

Precisaria de Seoane que havia feito especialização em terapia intensiva e um dia tinha me dado uma aula sobre manobras de ressuscitação. Pediria permissão a Cummins e a Mujica para falar com ele por telefone e fazer uma consulta. Apesar de ser muito tarde e de ele poder fazer perguntas. Mas era a única manobra que me ocorria. Se ele quisesse vir pessoalmente, eu diria que não havia tempo dada a gravidade do caso. Eu estava acostumado a diagnosticar pelo rádio doentes que estavam em alto-mar ou no meio do rio. Chamavam-me do barco, passavam os sintomas e eu dava a medicação enquanto pela outra linha fazia a interconsulta com algum dos médicos do plantão. Assim atendi desde intoxicação até malária. Comecei a procurar na agenda o telefone de Seoane e, quando estava de costas, ela falou comigo.

— Acaba comigo, não agüento mais.

Estremeci com esse balbucio, mas principalmente pelo que ela me pedia. Como podia ter pensado que eu não era um deles para me pedir semelhante coisa? Sem dúvida, há momentos de desespero em que você perde as instruções e a mentalização para a qual foi preparado. Ela tinha cometido dois erros. Um era confiar em mim e o outro era fazer-me notar que ainda podia agüentar mais tempo. Olhei as horas: tinham passado dez minutos desde o momento em que tinham nos deixado sozinhos. Sem me virar, sem saber com quem falava, disse:

— Sou médico; minha obrigação é salvar a sua vida.

— Se continuar viva, entrego e isso...

Calou-se, tinha voltado a se desvanecer e só aí eu me virei de novo. Não sei por que precisava de tempo. Estava em condições de suportar um calmante, e lhe apliquei uma injeção. Precisava pensar no que fazia e também não sabia por que tinha feito isso. Teria bastado atravessar a porta, chamá-los e dizer que ainda podiam prosseguir um pouco mais, que ela estava a ponto de falar.

Mas por que eu tinha que pagar pelo seu erro? Se tivessem sido um pouco mais profissionais na questão, teriam notado que, apertando um pouco mais, a coisa se resolvia, e teriam conseguido a informação que queriam. Também ela podia ter mentido. Talvez por um sentimento instintivo ela percebeu que eu não tinha me aproximado para bater, e isso a fez confiar.

Abri a porta e saí para enfrentar Cummins e Mujica. Propus a consulta telefônica.

— Você está louco — disse Mujica.

— O que é que você quer dizer? — perguntou-me Cummins.

— O que estou dizendo. Seoane é um especialista em ressuscitação não espontânea, posso consultá-lo.

— Mas não percebe que ele começaria a fazer perguntas? Ia querer saber quem é, até poderia querer vir ele mesmo.

— Eu não diria quem é nem onde estamos — respondi a Cummins.

Eles se entreolharam como dando-se um tempo para pensar. Sem dúvida a coisa funcionava, porque eu não estava mentindo e também precisava pensar no que fazer, porque não sabia. Eu também precisava de tempo. Numa fração de segundo, imaginei o que ia acontecer se atendesse ao pedido dela. Desde que tinha começado a trabalhar para Cummins e Mujica, sempre levava comigo, num lugar secreto, uma injeção de potássio. Pensava que, se por algum motivo me torturassem, antes de sofrer essas dores tomava o potássio que ia direto para o coração.

— Vá e trate de reanimá-la por sua conta, Villa; aqui todos temos muitas coisas em jogo — disse Cummins.

— Sim, já vou — disse, enquanto voltava a atravessar a porta já com a decisão tomada, porque, se percebessem que a tinha dopado, eu ia passar mal. Pensei: "É preferível ela estar morta a estar dormindo. Se descobrirem que eu a dopei, me matam". Com esse pensamento, quase maquinalmente atravessei a porta. Fui até a mesa e procurei o estojo. Parecia um autômato, repetindo a mesma frase: "Se perceberem que a fiz dormir, me matam".

O ar estava irrespirável, o cheiro de urina se confundia com o de amoníaco, eu mesmo parecia estar entre embriagado e anestesiado.

Belisquei minhas mãos, porque precisava estar desperto. “Se perceberem que a dopei, me matam.” Eu aplico a injeção, depois veremos.

“Há tempo, sempre há tempo”, dizia a mim mesmo enquanto via como o líquido fluía pelas suas veias e seu corpo ia adquirindo uma rigidez quase imediata, e a máscara da cara se contraía num grito afogado, não sabia se de alívio ou de horror.

Tirei a agulha e pensei: “É verdade, é fulminante”.

Já estava morta. Sentei-me na cama, tinha uns minutos. Eles ainda não sabiam. Pensei no que ia fazer. O melhor era colocar-lhe a máscara. Coloquei, quase a amassei, e sua cara se perdeu detrás dela. Precisava fazer isso antes de chamá-los.

No chão estava aberta a maleta com o ressuscitador. Minha tarefa era fingir que a ressuscitava: sempre tinha-me parecido com uma maleta de ilusionista. Desta vez precisava que o truque desse resultado.

Tirei o paletó e deixei-o sobre a cadeira. Fui até a mesa e bebi alguma coisa de um copo sem saber o que estava bebendo. Na mesa estavam os seus pertences. Olhei para eles como um sonâmbulo. Entre eles havia um objeto que guardei. Disse a mim mesmo: “É a segunda vez que roubo um morto”.

Voltei para a cama e subi sobre ela, fazendo massagens de maneira desesperada. Bati nesse corpo como se realmente o estivesse revivendo, como se fosse possível, porque o que fazia era de verdade, tão de verdade que comecei a chamar Mujica e Cummins aos gritos:

— Esta mulher está morrendo! Pelo amor de Deus! Esta mulher está morrendo! Ajudem-me!

Mujica e Cummins tiveram que me tirar de cima do corpo da mulher ao qual eu estava agarrado como um carrapato, a tal ponto que um deles me deu um soco, e a última coisa que senti foi que eu também desmaiava e morria com ela, porque entrei num vazio que nunca tinha experimentado.

Quando recuperei os sentidos, minha mandíbula doía, tinha sido o soco de Mujica ou de Cummins. Levaram-me para um quarto contíguo.

— Você fez tudo o que pôde, Villa — disse Mujica. Suas palavras e sua reação me surpreenderam. Tinha conseguido enganá-los.

— Agora temos outro problema — disse Cummins, olhando em direção ao quarto.

— O que é que você injetou nela? — perguntou Mujica.

— Coramina.

— Foi uma parada fulminante — disse Mujica.

— Massiva — respondi.

— Nesses casos, você sempre tem que pensar na parada — disse Mujica como censurando a si mesmo pela imperícia na manobra.

— Não podemos deixá-la aqui — disse Cummins, que, cada vez que tocava no assunto, fazia um gesto que indicava o outro quarto, como se a presença da morte fosse uma coisa contagiosa.

— Se a encontrarem morta aqui, amanhã os agentes dos Serviços vão vir para cima de nós. Nós a tínhamos nas mãos e a deixamos escapar — disse Mujica, que sempre estava atento à sua perícia.

— Até podem pensar que fizemos de propósito, porque fazemos parte do complô — respondeu Cummins, o que, nestes tempos, não pareceria nada descabelado.

— Podemos atirá-la no rio — disse Cummins quase consultando Mujica, como se quisesse livrar-se rapidamente do cadáver.

— É perigoso. O rio sempre devolve os cadáveres.

— Então?

— Não devem encontrá-la por um tempo. O melhor é não envolver gente nova. Acho que é preciso legalizar o cadáver, e é preciso fazer isso direito, mas com um pequeno truque.

— Você tem alguma idéia?

— Lopresti.

— Seja mais claro, Mujica.

— É preciso conseguir um documento falso e enterrá-la no cemitério da Chacarita, com outro nome.

— É muito complicado, Mujica — disse Cummins.

— Por quê? Temos as pessoas. Temos Lopresti na funerária. Já fizemos isso outras vezes. Temos Villa para o atestado de óbito. Temos o corpo. Só é preciso falar com Etchegaray para os documentos. Mas em uma hora ele faz um. Fazemos tudo dentro da lei.

— Num ponto, Mujica, você tem razão: ninguém vai procurá-la no cemitério.

— Sobretudo se os papéis estiverem em ordem.

— E como vamos levá-la até lá? — perguntei, interrompendo a conversa de maneira brusca, porque, de alguma maneira, eu tinha a ver com esse cadáver.

— Na ambulância do ministério, doutor.

— Mas, com que nome?

— O que você gostar, doutor. Gosta de Marta Céspedes, nascida em 41, 34 anos, pele morena, nariz aquilino? Nascida na capital, solteira. Assim, por alto, vou armando os dados que vou dar para Etchegaray. Mas não se preocupe, doutor, nunca vai saber o nome verdadeiro. Nem mesmo o falso que vamos pôr no documento que vai ficar no escritório do cemitério.

— Quanto menos souber, melhor para você, Villa — acrescentou Cummins.

— Mas como a transportamos? É preciso preencher um formulário. É preciso dizer alguma coisa ao chofer — respondi a Cummins.

— Não se preocupe, doutor. Otero trabalha para nós. Ele está de plantão esta noite.

— Otero? — perguntei assombrado.

— Sim, Otero e muitos outros. Por que você acha estranho?

Mujica nos interrompeu:

— Pode ser um furgão direto da funerária e, dessa maneira, não precisamos nem do Otero. Quanto menos gente, melhor. Uma ambulância chama mais a atenção que um furgão. E assim nem passa pelo ministério.

— Mas tem que haver algum parente.

— Por que você não se faz passar por primo do interior, Villa? Diga a Lopresti que, além de médico, você é um primo do interior... Vamos, garanto que assim é bem simples. É do jeito certo, fica legalizado. Vai ter até flores.

— Quem vai ligar para Lopresti? — perguntou Cummins.

— Villa. Lopresti tem *handy talkie*, assim fala diretamente com ele. Nenhum empregado no meio. Enquanto isso, nós limpamos este antro.

— É preciso queimar as coisas da menina — disse Cummins para Mujica.

Mujica olhou para ele e sorriu. Disse:

— Acho que esta noite todo mundo está louco. Com quem você pensa que está falando, Cummins? Com uma criança? Você pensa que eu estou começando hoje?

— É preciso limpar o quarto — disse Cummins.

Perguntei-me se iam perceber o que faltava, o que eu tinha pego. Foi um arrebatamento, uma tentação, estive a ponto de dizer-lhes, mas calei a boca e fui até o carro buscar o *handy talkie*.

Entrei no carro e chamei Lopresti pelo *handy*. Respondeu rapidamente:

— Quem fala?

— Aqui é o doutor Villa — respondi.

— Ah! Como vai, doutor? Que surpresa, a essa hora da noite!

— Lopresti, estou com Cummins e Mujica. Temos um corpo para enterrar amanhã na Chacarita.

— Estão com os parentes?

— Estamos só nós três, Lopresti — respondi.

— Ah! Entendo, doutor. Só preciso do endereço. É pelo ministério?

— Cummins me disse que eles se encarregam disso.

— Diga-me o endereço, doutor. Com Mujica e Cummins nunca há problemas, somente queria saber como era a coisa.

— Manuel Ugarte, 1423.

— Eu pessoalmente vou dirigir o furgão, Villa. Diga a Mujica e Cummins que vou sem ajudantes.

Lopresti tinha respondido tão rapidamente que não devia estar dormindo. "Nunca dorme, como os radioamadores", disse a mim mesmo. Não sei quanto tempo passou entre avisar Mujica e Cummins que Lopresti ia para o chalé e o momento em que o furgão negro surgiu no meio da escuridão, como se tivesse brotado do nada. Quando olhei a hora, apenas tinham se passado quarenta minutos, apenas tinha acabado de dar as quatro da manhã e esse dia parecia ser eterno.

Enquanto me cumprimentava, já se aproximava da maca e eu

me apressava para abrir-lhe a porta do chalé e ficar no carro, como tinham me ordenado.

As luzes foram se apagando lentamente. As três sombras negras atravessaram a varanda. Mujica e Lopresti carregavam a maca, enquanto Cummins ia apagando as luzes e fechando as portas. Num instante o corpo desapareceu na noite e estava dentro do furgão. Mujica se aproximou do carro e disse:

— Seguiremos Lopresti até a funerária.

— Sim — respondi, enquanto esperava que eles entrassem no carro e começasse o estranho cortejo.

Quando nos pusemos a caminho, respirei fundo. De algum modo estava a salvo, pelo menos estava ao ar livre e podia respirar. Estava vivo. Pensei na morta. Então acendi a luz do carro e procurei o que estava no meu bolso. Alguma coisa brilhou: uma corrente e um pedaço de medalha em que me deparei com meu nome.

Senti uma dor, uma pontada no coração, a mesma pontada que senti quando, de costas no quarto, ouvi aquela voz. A voz era de Elena, apesar de não serem nem seu cabelo nem sua cor, apesar de ser impossível distinguir as feições na cara deformada e ensangüentada e de estar quase irreconhecível vestida de soldado. "É um pesadelo, não pode ser verdade", pensei.

O pisca-pisca do carro de Mujica que ia na frente me fazia perceber que não era um pesadelo. Que era tão real quanto a marca que eu tinha na mão ao chegar à funerária: tinha apertado a medalha durante todo o caminho.

Quando chegamos, Lopresti desapareceu nas salas escuras. Tivemos que esperá-lo por um momento.

— Ele vai prepará-la — disse Cummins.

— Depois que Villa assinar o atestado de óbito, vamos encontrar Etchegaray — recordou-lhe Mujica.

— Tudo ficou perfeito — disse Lopresti surgindo detrás das cortinas lilases que havia na funerária.

— Assine, doutor. Depois nós preenchemos os dados — disse, entregando-me o atestado em branco.

Coloquei "parada respiratória traumática" e assinei.

— Bom, doutor, agora já pode ir para casa. Foi um dia duro para você — disse Cummins.

— Como você deve ter percebido, Villa, amanhã não está convidado para o enterro. — Mujica tinha recuperado seu tom irônico. — Ou quer vir?

— Não, não, mas como o senhor disse, eu poderia pôr uma flor em meu nome.

— Você já sabe qual é a política da casa, Villa: nada de nomes — disse Cummins.

— Espera aí, Cummins, Villa tem razão, talvez possamos pôr flores: Villa, seu primo do interior — disse rindo e, sem saber por que, todos começamos a rir, até Lopresti, que não sabia do que estávamos falando.

Eu me despedi e não sei como cheguei até em casa. Estava amanhecendo. Continuava sozinho, minha mulher só voltava de tarde. Guardei o carro e fui tomar um banho e me livrar do cheiro. A única coisa que queria era me livrar do cheiro que havia naquele quarto. Depois, fiz um café e me sentei para esperar na sala de jantar que desse a hora de o clube abrir. Esperava a hora de ir guardar a meia-medalha com o meu nome. Olhei: parecia o nome de um morto.

III

Quando saí da entrada do metrô, dei de cara com a Praça mal iluminada. Havia soldados até na porta da catedral. Desde o golpe militar, eu não usava carro. Foi um conselho de Villalba: "Pelo assunto do rádio no carro, até reatualizarem todas as permissões", disse-me. Mal haviam passado dois dias e tudo estava muito conturbado. Cummins e Mujica tinham desaparecido. O ministro, dizia-se, tinha seguido o caminho que um dia foi seguido por Perón; não se sabia se estava na Venezuela, talvez no Paraguai ou já tinha ido para a Espanha. Estes eram os boatos.

Era meu primeiro plantão depois do golpe militar. Estava de licença médica e não tinha passado pelo ministério. Mas esse fim de semana se abria para mim como um tempo muito longo. Havia uma barreira de soldados que eu tinha que atravessar para chegar à porta da Defesa. A Casa de Governo estava com as luzes apagadas. Quando o oficial se aproximou e me perguntou onde ia, mostrei a credencial de médico e disse que tinha que assumir o plantão. Deixaram-me entrar e comecei a subir as escadarias que me pareceram intermináveis.

A pergunta insistente que eu martelava durante esses dois dias era: onde estariam escondidos Cummins e Mujica? Se os prendessem, com certeza falariam. Mas do que podiam me acusar? Só da cumplicidade que tive com eles. E o caso de Elena: como explicá-lo? Podiam fazer uma autópsia, apesar de já terem passado mais de três meses. "Foi no ano passado", disse para mim mesmo, como se esse prazo me tranqüilizasse, como se dizer no ano passado fosse uma maneira diferente de dizer três meses.

Tinha ido ao Arsenal para comprovar que as pastas estavam lá e tive necessidade de levá-las para casa por umas horas e ler o que estava escrito. A verdade objetiva dos acontecimentos. A meia-medalha com o nome de Elena pareceu-me uma recordação distante, de uma juventude em que uma vez tinha sido feliz. Poderia voltar a ser? Tinha as minhas dúvidas. E até a cabeça de cavalo me despertou um gesto de ternura e um tardio sentimento de amor por Firpo. Quando topei com a medalha que trazia meu nome, senti um ligeiro estremecimento.

Nunca tinha matado ninguém. Agora entendia o que se queria dizer quando se falava de um colapso interior. Por um momento o mundo desmorona, como nas catástrofes da natureza de cujos efeitos eu tinha-me ocupado durante anos. Um tremor de terra. Sim, primeiro foi isso, um tremor que me atravessava todo o corpo cada vez que fechava os olhos e via essas sombras que cruzavam o vestíbulo iluminado levando na maca o corpo morto.

Depois foi um sismo, uma dor no estômago, um desgarramento como quando a terra se abre, uma greta no meio do estômago que ia crescendo e remexendo as tripas. Mais tarde parecia um terremoto, porque já não era o meu corpo que estava invadido por esse sentimento de colapso, e sim o mundo ao meu redor que começava a estilhaçar-se. As paredes se rachavam, os tetos vinham abaixo, as casas pareciam de papel e eu não encontrava onde me meter, porque o mundo tinha deixado de ser um lugar seguro.

A isso seguia-se um sentimento de altruísmo pelo qual, por compaixão, era necessário salvar Estela Sayago de uma onda que a arrastava e a deixava sozinha e na intempérie, sozinha num mundo desabitado. Um sentimento quase apocalíptico, de fim do mundo, onde os corpos apareciam indefesos e inertes diante dos meus olhos e ninguém além de mim podia libertar Estela como tinha libertado Elena.

Finalmente eu ficava só na Terra. Um lugar árido onde você não necessitava alimentar-se nem dormir; o mundo era uma catástrofe contínua. Mas agora não a acompanhava nenhum elemento da Natureza, estava sozinho com isso para sempre. Não era remorso moral, era uma presença dolorosa no corpo.

O ministério, como todas as repartições públicas importantes em matéria de segurança nacional, estava tomado pelos militares, e Emergências era uma delas. Eu esperava pelos movimentos de Villalba. Ele tinha dito para não nos esquecermos de que éramos funcionários de carreira. Mas ele parecia menos comprometido, mais limpo, não tinha posto nem o corpo nem a assinatura em todas essas manobras obscuras das quais eu indiretamente tinha participado. Mas o caso de Elena tinha sido bem direto, lá não tinha alternativa, ainda me perguntava como tinha podido aplicar aquela injeção. Com que força? "Agi como um autômato", disse a mim mesmo. Achei que o poder era eterno, e não que sempre muda de mãos. Entretanto, era assim. Na conversa por telefone, Villalba não se tinha mostrado intranqüilo.

O ascensorista não era Pascualito, por isso não me pude fingir de japonês e dar golpes no ar. O ascensorista era um recruta. Na porta do escritório, foi outro recruta que voltou a me pedir a credencial, apesar de, da mesa de entrada, já terem anunciado a minha chegada por telefone.

Entrei na administração. Pizarro estava como sempre com sua perna-de-pau batendo contra uma mesa e tomando seu copo de leite. A paisagem parecia familiar. Os mesmos quadros, as mesmas lousas, os mesmos mapas. O operador de plantão também era o mesmo, um tal de Vega que costumava estar nos fins de semana. Entretanto, o que operava o rádio e estava com os fones de ouvido era um recruta.

De repente, do gabinete de Salinas — que uma vez foi o de Firpo e no qual eu não entrava fazia anos — saiu um assistente. Era impossível não o reconhecer para alguém que, como eu, tinha sido assistente de um chefe de companhia no Campo de Mayo.

— O coronel está esperando, doutor — disse, com sumo respeito.

Atravessei essa porta e pensei que ultimamente passava a vida atravessando portas. O coronel estava de costas olhando o movimento das tropas na Praça; por um instante, os dois detivemos o olhar diante da passagem de um tanque silencioso, como se tivesse se extraviado do resto da companhia e vagasse sozinho pela Praça. Parecia ridículo que tivesse alguma coisa para patrulhar nessa noite em que todo mundo estava encerrado em suas casas.

Virou-se, nos entreolhamos e ele disse:

— Como vai, Villa?

Senti que minhas pernas tremiam. O sonho, o pesadelo que vinha tendo durante esses doze anos estava se transformando em realidade. Outra vez sob as ordens de Matienzo, só que já não era mais tenente, e sim coronel.

— Como me reconheceu, senhor? — perguntei, quase balbuciante.

— Nunca me esqueço da cara de um recruta.

Olhei para a cara que tinha sido a causa de tantos temores e sofrimentos quando sua boca se abria para vociferar uma ordem que meu corpo não podia executar por um medo que me paralizava, ao que se somava uma falta de habilidade inata para os exercícios físicos que voltei a experimentar ao mesmo tempo que lhe disse:

— O senhor não mudou muito, coronel. Com um pouco mais de tempo, eu o teria reconhecido.

— Não é a mesma coisa, Villa, uma cara que milhares de caras. De acordo com essa lógica, você deveria ter me reconhecido e eu não. Mas já disse: nunca me esqueço da cara de um recruta. E não estou mentindo se digo que até o momento em que você entrou não tinha associado de jeito nenhum seu sobrenome com aquele soldado sob as minhas ordens.

— Passaram-se mais de doze anos, coronel — disse, recuperando um fio de voz.

— É muito tempo, Villa. Perdão, doutor Villa, porque nesse tempo você se tornou doutor.

— É, coronel, talvez tenha sido a vida que fez de mim um doutor.

— E que outra coisa além da vida pode nos fazer tomar uma decisão dessas? Não me diga que está arrependido.

— Não, não, coronel, ser médico é o melhor que podia ter me acontecido. Devo isso ao doutor Firpo.

— Soube que se suicidou.

A resposta de Matienzo me deixou gelado. Se sabia da morte de Firpo, se tinha essa informação, também devia saber de Villalba, de Cummins, de Mujica e, portanto, de mim.

— Sim. Como o senhor soube, coronel?

— Essas coisas fica-se sabendo. Considero que era o único resgatável neste Departamento. Um homem de princípios sólidos, um homem da velha geração. Pelo que sei, foi combatido pelo ministro e pelas pessoas ao seu redor. O doutor parece que era um cavalheiro.

— Sim, coronel, claro que era. Eu era sua mão direita — respondi com ênfase, como se Firpo com a sua cabeça de cavalo voltasse do além para me salvar, com seu nome e com a sua honra. E até me pareceu vê-lo entrar pela outra porta do gabinete e apertar a mão de Matienzo exibindo, como nas datas pátrias, um emblema diminuto na lapela.

— E por que não continuou com ele? — perguntou, quase curioso.

— Continuei, coronel, estive até o último momento com ele. Estava no outro gabinete quando se suicidou, ou melhor, estava no banheiro. Quando cheguei já era tarde demais.

— Sabe por que ele fez isso?

— Não suportava a morte da mulher. Não podia esquecê-la. E, junto com ela, perdeu um mundo que desmoronava para ele. Perdeu o poder no Departamento, foi relegado.

Parei de repente. Achei que já estava falando demais.

— É, houve um boato de que foi por assuntos políticos, que ele não suportava o que estava acontecendo neste ministério. Inclusive chegaram a dizer que foi assassinado.

— Não foi, coronel, eu estava lá nesse dia. Como é que o senhor sabe de tantas coisas?

— Conheci Firpo na Escola Superior de Guerra quando fizemos juntos o curso de defesa nacional. Eu era muito jovem, apenas um subtenente. Lembro-me de que trocamos algumas palavras em mais de uma oportunidade. Pareceu-me um homem de bem.

— Sim, Firpo era um homem de bem — disse a Matienzo, ainda sem poder me recuperar da impressão do reencontro e de ele ter conhecido Firpo. Achei um bom sinal eles se conhecerem, e talvez fosse uma indicação para eu poder confiar em Matienzo. "Mesmo estando outra vez sob suas ordens, agora sou doutor", pensei.

O coronel atendeu uma ligação que tinham lhe passado. Olhei

para ele: estava com uniforme de combate como o tinha visto no Campo de Mayo. Tive a mesma sensação de temor infantil que quando o vi pela primeira vez vestido dessa maneira. O mesmo terror que vivi por seis meses no Batalhão de Combate. Sem saber como, o acaso tinha me conduzido até esse lugar. Sem saber manejar uma arma, sem poder carregar a baioneta corpo a corpo quando me lançava contra os sacos pendurados que eram o corpo do inimigo. O mesmo temor que senti quando, numa manobra, um conscrito investiu contra mim e senti o aço da baioneta no pescoço, enquanto ele começava a gritar: "Tenho um refém!", o que significava um fim de semana livre.

O mesmo terror senti naquela noite, quando, ao entrar no pátio, o sentinela aproximou-se de mim e disse: "Parece que vão nos mandar para Santo Domingo". Perguntei quem tinha dito aquilo, a meia voz, para não despertar ninguém, apesar de que todos os olhos do pátio pareciam estar abertos e todos sonhavam com Santo Domingo. Gente do interior que nunca tinha dormido numa cama com colchão, lençóis e cobertas e até tinha alguns que não se acostumavam a andar de coturnos.

Matienzo tinha-lhe dito que iriam os melhores soldados. Isso me tranqüilizou. Eu não era um bom soldado, só queria escapar dali e voltar para o Olímpicos. A única coisa que esperava era a visita de minha tia Elisa e de Elena. Foi por causa delas que eu não virei um desertor. Pareceu-me voltar a ver Elena com seu cabelo comprido atravessando o pátio do Campo de Mayo, e os recrutas, os suboficiais e os oficiais virando-se para olhá-la enquanto eu inchava de orgulho, mas, ao mesmo tempo, me enchia de ciúmes, porque achava que ela os provocava com sua maneira de caminhar e o vestido estampado colado ao corpo. E o olhar dos homens se perdia nessas flores. Até que me diziam: "Soldado Villa, visita". E eu a abraçava pelo ombro e íamos caminhando pelo passeio de árvores e flores reservado às visitas, atormentando-a em voz baixa com minhas idéias de deserção. Não era que não quisesse cumprir ordens, o que me desesperava era não saber cumpri-las. O que significava ser castigado. E ser castigado era estar encerrado dias e dias sem poder ver Elena e enlouquecer de ciúmes.

"Se se trata de ser bom soldado, então não vou a Santo Domingo", respondi a Ramírez, soldado classe 44. Em meio à escuridão do pátio, sussurou-me: "Nunca conheci outro país, nunca entrei num avião. Dizem que em Santo Domingo o mar é transparente e as mulheres se apaixonam pelos soldados". "Se uma mulher se apaixonar, é ótimo ser soldado", respondi, recordando a primeira vez em que vi o amor nos olhos de Elena. Elena tinha minha única foto de soldado, talvez tivesse se perdido com ela. Agora ela estava morta, enterrada em algum lugar da Chacarita.

Matienzo continuava no telefone, pensei se se lembraria de Ramírez que era um soldado exemplar e que chegou a ajudante. Talvez se visse seu rosto, lembrasse.

Na vida, cada um tinha suas fotografias, apesar de Matienzo não ter colocado nenhuma sobre a sua mesa, talvez porque fosse ir embora logo. E a que Salinas tinha com seus colegas de graduação tinha sido retirada depois que os *Montoneros* o balearam e não voltou mais ao ministério e seu secretário passou para retirar suas coisas.

O coronel terminou a ligação enquanto eu permanecia de pé, como no Campo de Mayo.

— Desculpe, doutor, são tantas coisas... Sente-se, por favor — disse.

— Obrigado, coronel.

— Ainda não perguntei qual é a sua função aqui.

— Médico de plantão, coordenador de vôos sanitários.

— E em que consiste essa coordenação, especificamente?

— Transportes de emergência em aviões, ambulâncias, helicópteros, do interior para a capital, transferências hospitalares entre o interior e a capital. Também atuamos nacionalmente em catástrofes, inundações, terremotos, grandes incêndios.

Enquanto respondia a Matienzo, sentia como se estivesse recitando coisas que um dia tinha escutado de Firpo e decorado.

— É muita responsabilidade ser encarregado de tudo isso. E voa muito?

— Depende do plantão. Estatisticamente, três ou quatro vezes por mês.

— Em sua casa devem sentir sua falta. Médico e, além disso, tripulante.

— Minha senhora está acostumada. Ela também voa, é enfermeira de bordo.

— Que bom! Casou-se com aquela moça que ia visitá-lo? Agora me lembro de duas coisas de sua vida de soldado. Uma, que era muito desajeitado para a instrução militar; a outra, que tinha uma namorada muito bonita. Estou enganado?

— Não, senhor, as duas coisas são verdade. Mas não me casei com ela.

— É sempre assim, Villa, a gente nunca acaba se casando com o primeiro amor.

— Parece que não.

— Fique à vontade, Villa. Este fim de semana vai ser longo e vamos ter mais de uma oportunidade de conversar. Você já jantou?

— Não, ainda não.

— Imagino que não recusará a comida do quartel. É trazida especialmente de Palermo. Vou jantar daqui a pouco, talvez você queira fazê-lo comigo. Gostaria de conversar com você, que me contasse algumas coisas sobre este Departamento. O funcionamento, sempre é importante conhecer o funcionamento. Sobretudo para um soldado, suponho que para um médico também. Ambos lidamos com organismos.

— Estou à sua disposição para tudo em que possa ser útil, coronel — respondi, e me pareceu que o que estava dizendo era equivalente ao que Villalba chamava de sistematização. Estranhei ele ter tocado no nome de Firpo e não mencionar Villalba ou Salinas. Percebi que, quando falava com Matienzo, minha linguagem se empobrecia, era como se as palavras não saíssem e eu começasse a balbuciar.

Saí do gabinete e me aproximei de Pizarro, que estava tranqüilo; a perna ortopédica parecia dar-lhe uma tranqüilidade de consciência para toda a vida. Agia com Matienzo da mesma maneira que antes agia com Villalba ou com Salinas. Perguntei-lhe o que Matienzo estava fazendo nesse lugar.

— Está provisoriamente encarregado do ministério. Neste momento é um objetivo militar e ele dirigiu a operação de tomada do ministério.

— Houve resistência? — perguntei a Pizarro com a remota esperança de que me falasse de uma lista de mortos em que estivessem Cummins e Mujica.

— Nenhuma. Todos já tinham fugido.

— Então não há ninguém preso nem morto — insisti.

— Oficialmente, não.

— E o que encontraram?

— Armas abandonadas, basicamente um depósito com Itakas, munições, e até bazucas e granadas. Um arsenal.

Fiquei em silêncio. Nunca tinha relacionado o nome do clube com um arsenal. O nome sempre vinha assim, quase naturalmente. Pensei que as pastas eram meu arsenal.

— Nota-se que quase não tiveram tempo de escapar.

— Também tinha perucas.

— Perucas?

— É, perucas de mulher, de todas as cores.

— E para que queriam perucas?

— Para os seqüestros com extorsão, as operações, os roubos a bancos e as invasões de estabelecimentos, as *blitz* nas fábricas e em qualquer lugar onde houvesse militantes de esquerda.

— Mas por que perucas de mulher?

— Não sei, deviam se disfarçar de mulher... Uma mulher sempre parece menos perigosa.

— Nestes tempos, tudo é possível. E quem foi que contou isso para você, Pizarro?

— O soldado que opera o rádio. É radioamador e, entre os radioamadores, não existem segredos.

— Disse por quanto tempo iam ficar?

— O coronel é um homem a quem não interessa ficar atrás de uma mesa. Vão ficar enquanto considerarem que é um objetivo militar.

Acho que dentro de umas semanas vai vir um diretor para encarregar-se disto.

— Um militar?

— Certamente. A questão é de que arma. Prefiriria que fosse alguém da Aeronáutica em vez de alguém do Exército ou da Marinha. São mais civilizados, tão educados quanto os navais, mas mais civilizados.

— É, e, além do mais, aqui há aviões.

— Hoje o que menos tem importância são os aviões. O importante é a rede de rádio e todos os dados do movimento de funcionários, hospitais e outros que tais.

— Você acha que haverá transferências em massa de funcionários para outras repartições?

— Não, acho que não; apesar de que devem trazer gente de confiança, como sempre. O que importa para eles é a estrutura, o funcionamento, como diz Matienzo. Nós não contamos. O posto mais comprometido é o de Villalba; ele era carne e unha com Salinas e o entorno do ministro.

— Vai jantar conosco, Pizarro?

— Ninguém me convidou. Além do mais, com a minha dieta, não quero estragar o jantar de ninguém. Faz anos que só tomo leite e falo pelo rádio. É uma questão de hábito. Você deveria saber, doutor, que não é mentira isso de úlcera e humor azedo.

— Estou impressionado, Pizarro. O coronel foi meu tenente na companhia em que prestei serviço militar. Voltar a vê-lo nestas circunstâncias me causou um sentimento estranho, quase supersticioso.

— A vida é feita de encontros e desencontros desse tipo. Sabe? Desde o acidente da perna, penso com essa lógica.

— É, mas estar outra vez sob as ordens dele... Não sei como me comportar, se como doutor ou como recruta.

— Matienzo parece um gringo franco. Os olhos claros, a cara meio vermelha, com certeza é filho de camponeses italianos. Se falar com ele, seja claro, não fique dando voltas.

— No serviço militar, vi como esses olhos se endureciam até parecer quase metálicos, desumanos.

— Já que é assim, doutor, não temos que dar motivos. Eu diria que ele está como uma fera enjaulada. Viu que toda hora olha para a Praça onde está a tropa? Ele quer estar lá, não sabe nada de papéis nem de manobras políticas. Só pensa numa coisa: um funcionamento perfeito é a melhor maneira de exterminar o inimigo. E parte da idéia de que na burocracia da administração pública não pode haver um funcionamento perfeito. Isto não lhe interessa, eu acho que quer conversar com o senhor, perguntar coisas por uma curiosidade inata, mas, no fundo, ele não está interessado em nada do que acontece por aqui, muito menos no que já aconteceu.

— Não me esquecerei de suas palavras, Pizarro.

Me despedi de Pizarro sabendo, entretanto, que ia esquecer, que diante da menor insinuação de Matienzo falaria demais como daquela vez no velório do pai de Sívori, ou como quando imitei o vôo de uma mosca diante de Firpo. Era um impulso. Só uma idéia me atormentava depois que abandonei o gabinete que agora era de Matienzo: se devia contar-lhe tudo o que tinha acontecido e se devia entregar-lhe o relatório que estive escrevendo durante todos estes meses. Dar-lhe o relatório era uma prova de confiança e de lealdade para com ele, era pôr-me em suas mãos.

O tempo até a hora do jantar transcorreu ou foi embora em tarefas menores como o pedido de uma ambulância com a incubadora portátil para transportar um bebê de um pronto-socorro da periferia até o Hospital Infantil. Antes de mobilizá-la, achei necessário pedir autorização a Matienzo pelo intercomunicador.

— Coronel, posso mobilizar a ambulância para transportar um recém-nascido?

— Claro, doutor. Que idéia é essa de me consultar? O senhor mesmo devia decidir isso.

— Mas as normas dizem que não se pode mobilizar nenhum veículo sem permissão.

— Mexa-se, doutor, mexa-se, não perca tempo — e cortou a comunicação quase irritado, e me pareceu estar zumbindo outra vez ao redor dele pelo pátio do quartel aos gritos de: "Mexa-se, soldado", até que a ordem se tornava impessoal e era "mexer". Até quando, para onde, só o Senhor sabia, mas então você já tinha aprendido que o Senhor estava no céu, e você marchava quadras intermináveis movendo-se a um ritmo vertiginoso que contrastava com o andar tranqüilo do tenente que tinha acendido um cigarro e caminhava sem pressa pelo pátio, pelo menos até terminar o cigarro.

Por volta das dez da noite, dois soldados de Palermo trouxeram a comida de campanha, a mesma para oficiais e soldados.

— Não estou acostumado a comer tão tarde. Mas todos mudamos nossos hábitos nestes tempos — disse Matienzo, enquanto me convidava à mesa.

— Sente-se, doutor — acrescentou, em tom cortês.

— Sim, coronel.

— Quem diria que ia compartilhar o jantar com um soldado fora das manobras..., mas a vida tem dessas coisas... Você mesmo, doutor, não acha meio estranho?

— Sim, coronel, estou tentando me acostumar.

— Desculpe-me por não ter convidado Pizarro, não foi por um problema de hierarquias. Simplesmente não suporto nenhum homem que tenha algum tipo de invalidez, nem mesmo os inválidos de guerra. Enquanto estão feridos, posso até arriscar a vida para salvá-los, mas, depois, não os suporto. Sei que é um defeito, mas para mim é impossível suportar. Com certeza um dia Deus vai me castigar mas, por enquanto, estou na Terra.

— Na minha profissão, a gente tem que se acostumar — disse, no tom mais convincente possível, tentando fazer com que ele realmente acreditasse em mim.

— Certamente, doutor, no caso de vocês é duro. Na sua profissão, você tem que virar uma espécie de robô. Mas, cá entre nós: não existe nenhum tipo de doente que lhe desagrade mais que outro?

— Sim, coronel, os queimados. Não suporto o cheiro de carne queimada. Eu me sinto mal — respondi a Matienzo, percebendo que não tinha podido me controlar e o impulso à confidência tinha-me traído outra vez.

— Esperemos que por estes dias não haja nenhum incêndio, doutor — respondeu risonho, enquanto eu tentava me livrar do cheiro da rua Ugarte que tinha invadido de repente a minha lembrança, e fiquei tão ensimesmado que o coronel voltou a brincar comigo.

Começamos a jantar enquanto ele me fazia perguntas gerais com as quais tentava informar-se sobre os quadros de aviões e ambulâncias, de médicos e enfermeiros, de depósitos e caminhões, quanto tempo demorava desde que uma emergência chegava ao plantão, dar as diretrizes e pôr em marcha a operação. Ou seja, todas as perguntas que levavam à questão que lhe interessava: o funcionamento.

Nessa conversa, passou o jantar e Matienzo foi descansar num catre de campanha que tinha sido preparado no gabinete. Era estranho essa caminha tão simples, tão insignificante, com uma severidade austera que fazia com que se destacasse entre todas as poltronas luxuosas e os pisos atapetados.

— Prefiro o catre — disse Matienzo.

— Não é incômodo para o senhor, coronel? Aqui nunca tivemos *office* de plantão.

— Ao contrário, neste escritório eu não me encontro, me sinto perdido. Você já entrou no gabinete privado do ministro?

— Não, coronel, nunca fui além da salinha da secretária.

— Tinha um quarto com *suite*, puro luxo. Parecia um banheiro romano, dava vontade de mergulhar nessa banheira por um tempo, um banho de espuma e vapor. Dizem que celebrava ritos enquanto se banhava; senti um calafrio e fui embora rapidamente. Você não vai dormir?

— Às vezes me recosto num sofá ou na maca de alguma ambulância.

— Boa-noite, doutor. Amanhã de manhã nos vemos. Eu estou acostumado a tomar o café da manhã cedo.

Despedi-me do coronel e fui me deitar na ambulância. Precisava descansar. Pizarro, como sempre, deveria ficar acordado a noite inteira por causa da insônia e porque, para deitar-se, tinha que tirar a perna ortopédica e colocá-la sobre alguma mesa e, com certeza, como sempre também, tinha medo que começassem a tirar sarro dele, que Mussi a escondesse e ameaçasse botar fogo nela.

Quando estava na maca, com a porta da ambulância fechada,

me senti um pouco sufocado, como se me faltasse ar. Num canto estava a maleta com o ressuscitador e isso me inquietou um pouco. Lembrei de repente daquela noite em Ugarte. Depois, Mujica não tinha poupado nenhum detalhe: "Tiramos as manchas de sangue do quarto com detergente e água sanitária. Nós a enrolamos numa coberta, pusemos na maca e depois a cobrimos com um lençol branco. No caminho, caiu um coturno e ninguém teve coragem de colocar de volta, por isso pusemos sobre o seu peito, como um troféu. Ficou as horas que faltavam depositada com o Lopresti e pela manhã Cummins e eu passamos por parentes, até lhe pusemos algumas flores, como você queria". Pensei que se estava me dando tantos detalhes, era porque já teria descoberto que aquela mulher tinha sido minha namorada.

Deitado na maca, eu mesmo parecia um morto. Não conseguia conciliar o sono; talvez Matienzo fosse um raio de luz.

Levantei-me e fui dormir na cabine e assim passei o resto da noite. Atento e em vigília como no serviço militar, antecipando-me a essa voz que soava por todo o pátio e que gritava implacável: "Soldados, de pé!". Agora esperava outra vez que a voz de Matienzo me despertasse sobressaltado e com medo do castigo por ter ficado dormindo.

Pela manhã, tomamos o café juntos. Matienzo já estava de pé, esperando-me com uma xícara de chá na mão.

— Com certeza você não tomava mate desde o serviço militar — disse, com certa indolência.

— Não, coronel. Durante meses estivemos tomando chá-mate em vez de café. Tinha um homem de Salinas que quis mudar o código *Q*, porque achava que ele era antipatriótico, e um dia também decidiu que o café que era oferecido ao pessoal fosse substituído pelo chá-mate. Tinha uma guerra pessoal contra o Brasil e dizia que convinha explorar a erva que era nossa.

— Que coisa folclórica, Villa! Com certeza você tem muitas anedotas como essa.

— Algumas, coronel.

— Quando o trabalho nos deixar tempo, quero que me conte outras.

O dia foi passando rápido: dois ou três transportes de ambulância, o pedido de um transporte de avião que parecia o lastro do tempo político e que Matienzo recusou. O almoço com choferes, enfermeiros e soldados foi improvisado sobre a mesa de operações que, às vezes, usávamos para jogar pingue-pongue.

Mais de uma vez Firpo tinha desdobrado mapas sobre essa mesma mesa, calculando tempos e distâncias dos aviões que tinham saído para uma operação, cravando alfinetes com que seguia o rumo dos aviões e dizendo: "Este serviço nasceu com sorte, nunca caiu nenhum avião, nunca tivemos um acidente. É porque foi feito para a vida, não para a morte". Pizarro, sentado num extremo da mesa, ficava oculto ao olhar do coronel.

De tarde, falei por telefone com a minha mulher, que não via desde a noite anterior. Estava curiosa para saber como tinha sido o dia com os militares no Departamento. Do outro lado do telefone, Estela falava com tranqüilidade; sua tranqüilidade às vezes se confundia com indiferença.

— Olá! Como vai? Aproveitei agora que o coronel deu uma saída para ligar para você.

— Como vai indo tudo?

— Sabe de uma coisa? O que é o destino... O coronel que está no comando é o mesmo que tive como tenente quando prestei o serviço militar.

— Você nunca me falou dele. Como se chama?

— Matienzo.

— Mas o que você acha dele? O fato de ser ele é melhor ou pior?

— Em princípio, considero um bom sinal.

— Mas você me disse que no serviço militar não tinha se saído bem.

— É, mas agora sou médico. Já passou muito tempo. O tratamento é outro.

— Não se apresse, Villa, cuide-se, seja mais desconfiado. Olha que vivemos momentos perigosos. Fale sem dizer nada; não fale de pessoas, fale de coisas.

Minha mulher continuou falando, mas eu já não a escutava. Sabia que ia acontecer a mesma coisa que tinha acontecido com as palavras de Pizarro: eu ia esquecê-las. Eu me animei a interrompê-la e disse:

— Acontece, Estela, que Matienzo é a única luz para a minha catástrofe interior; talvez agora as coisas mudem. É a única maneira de sair do colapso.

— Do que você está falando, Villa?

— De nada, Estela, de nada; é só uma sensação. E como explicar a alguém o que é uma sensação? Só furando com uma agulha, como aprendi em medicina.

— Acho que você está esquisito esta manhã. Talvez devesse ter continuado de licença médica; ultimamente você vinha tendo muito trabalho. Mujica e Cummins exigiam muito de você.

Fiquei paralizado: escutar os nomes de Mujica e Cummins ditos por outra pessoa era como trazê-los à vida real, enquanto que, quando eu os dizia, tinham outra existência. Se Estela dizia seus nomes, estavam vivos, eram de carne e osso e a qualquer momento poderiam reaparecer.

— Você acha que estão no país? Acha que estão vivos ou mortos? — perguntei, desesperado.

— Eu já disse que o mais provável é que tenham fugido com o ministro. Mas, para você, que diferença isso faz? Você é médico.

— É, tem razão, eu sou médico. Eu te ligo mais tarde, o coronel já está voltando.

Quando desliguei, fiquei pensando naquelas palavras do chefe de cirurgia do Fiorito no primeiro dia de plantão: "Um médico está além da vida e da morte. Um médico é Deus. Para abrir alguém no meio e dar de cara com as vísceras e os órgãos à mostra tem que ser Deus, se não é melhor não abrir e dedicar-se a outra coisa. Então, enquanto estiverem aqui no meu plantão, nunca se esqueçam disso:

cada vez que tocarem num doente, ele deve sentir que está sendo tocado por Deus". Eu nunca tinha me sentido assim.

À meia-noite, depois do jantar, viria outro médico para ficar no meu lugar. Faltavam umas horas. Enfim, não foi tão difícil quanto eu esperava; faltava esse jantar em que eu tinha certeza de que seria o convidado de Matienzo. E assim foi, só que desta vez não foi comida de campanha, e sim umas massas preparadas por Mussi.

Sentamos à mesa, e Matienzo me perguntou:

— O que vai tomar, doutor? Sabe, é possível conhecer um homem pelo vinho que ele bebe. Fiz um curso de degustador; é um *hobby* que me serviu para duas coisas fundamentais: para poder conversar num jantar muito formal e para conhecer o gosto dos homens.

— Parece muito útil, coronel, porque para mim também é difícil conversar.

— A conversa de hoje, Villa, vai ser íntima e direta. Por exemplo: o que você pensa de Villalba?

Senti que o coronel me inquiria com o olhar, encurralava-me como eu encurralava Pascualito num canto do elevador enquanto me fazia de japonês e lhe dava um golpe atrás do outro e ele tratava de se esquivar, só que eu não era boxeador. Matienzo insistiu:

— Reaja, Villa, a pergunta é direta mas informal ou, se você preferir, extra-oficial.

— Coronel, Villalba transformou tudo isto. Modernizou. Ele pensou que o importante era a criação da rede sanitária. As comunicações iam nos dar um poder que as outros departamentos não tinham. Seu lema preferido sempre foi: "Chegar longe, o mais rápido possível".

— Parece que o aplicou à sua própria vida, ou pelo menos à sua carreira.

— É um funcionário de carreira, coronel.

— Sim, mas nos últimos anos chegou a postos muito altos. Tinha muito boas relações com o ex-ministro.

As palavras de Matienzo foram mágicas. Como se tivessem me

livrado de um peso. Era a primeira vez que eu ouvia falar do ministro como ex; isso queria dizer que Mujica e Cummins podiam transformar-se em ex-assessores, ex-Cummins, ex-Mujica. Isso me tranqüilizou e me fez confiar no coronel.

— Coronel, Villalba só pensa na sistematização. Pensa que o ex-ministro fracassou porque sua política repressiva era pouco sistemática. Vingança de rotina, como ele chamava.

— Como é isso, Villa?

— Sim, coronel, Villalba acha que é preciso aplicar à luta anti-subversiva o sistema que ele aplicou para combater a pólio.

— Ele a considera uma epidemia ou uma peste?

— Não sei, coronel. Ele acha que tudo tem que ser sistematizado.

— E Salinas?

— Salinas não era muito brilhante. Só que tinha a confiança do seu superior, o chefe da segurança de Perón e, portanto, a confiança do ministro.

— Está certo, levando em conta que era um suboficial. Por que pedir mais dele?

Percebia que tinha um montão de pensamentos escondidos, calados durante anos, e que esta era a oportunidade de revelá-los. A palavra ex tinha-me feito soltar a língua. Ao contrário do que pensava, eu também tinha um posição.

— Por que tantas armas, doutor?

— Isso eu nunca soube, coronel. Firpo disse que as ambulâncias eram carregadas com armas e por isso lhe aconteceu o que aconteceu. A verdade é que isto virou um arsenal. Recebíamos ameaças. Até disseram que transportávamos cadáveres clandestinamente.

— Diziam isso?

— Sim, coronel — respondi, e percebi que a minha língua tinha-se soltado, como se fosse outro que estivesse falando. Por um momento, esqueci de Cummins e de Mujica, de mim mesmo na rua Ugarte e na rua Umbu, como se aquilo tivesse sido feito por um autômato.

— Deve ter sido um trabalho pesado, esse seu! Manter o equilíbrio, a independência, é difícil quando você cumpre ordens.

— Claro, coronel, eu era uma vítima dos acontecimentos —

respondi me dando um respiro e pensando que talvez com meu jeito de falar, aos borbotões, o coronel não tivesse reparado na referência ao transporte de cadáveres. Mas era quase impossível, ele era muito observador e muito atento às palavras dos outros.

— E Cummins e Mujica?

— O senhor os conhecia, coronel?

— No curso de defesa nacional se conhece muita gente, desde um cavalheiro como Firpo até agentes dos Serviços.

— Eram dos Serviços?

— Você não sabia, doutor?

— Não, coronel.

— Entretanto, você os visitava muito. Verificando os papéis que encontramos, seu nome aparece em mais de uma reunião.

Desconfiei do coronel, porque me lembrei de que Cummins e Mujica nunca deixavam nomes.

— Quando Villalba não estava, eu era o coordenador de vôos. Me chamavam para dar instruções sobre a possibilidade de transportar algum doente.

— Com certeza algum protegido.

— Era o mais comum.

— E esse tal de Pontorno?

Matienzo era um jogador certeiro e implacável. Como num parque de diversões, os bonecos iam caindo um a um. Só que eu ignorava qual era o prêmio se tomasse a decisão de lhe entregar o relatório que tinha escondido no Arsenal. Parei um instante e disse a mim mesmo: meu prêmio e meu castigo.

— Pontorno, segundo a versão que Villalba me deu, trabalhava para o coronel Osinde. Era um infiltrado.

— Eu já disse, Villa, nunca gostei dos inválidos.

— Pontorno está por dentro de todos os movimentos do escritório, tem todas as senhas secretas para pôr os aviões em movimento e conhece os números particulares desde o do presidente até o do último ministro.

— Parece muito informado.

— Sim, está muito informado.

— Eu estava pensando em você, Villa, mas, se eu tiver que

explicar, fica parecendo uma piada mal contada. Foi muito instrutivo o que você me contou. Para a semana ou no próximo plantão, voltaremos a conversar, talvez você se lembre de mais coisas.

— Até quando vai ficar, coronel?

— Não sei, para mim este é um lugar de passagem.

— Que pena que não vá ficar!

— Que pena para quem, Villa? Já disse que isso não é para mim.

— Vai haver transferências, coronel, ou exonerações, ou represálias?

— O importante, doutor, é o funcionamento, não as pessoas.

Assim me despedi de Matienzo essa noite, cheio de esperanças e de perplexidade. Quando cheguei em casa, era mais de uma da manhã. No trajeto, vi pouca gente pela rua, havia mais rádios-patrulha, como se lentamente o Exército estivesse se retirando para os quartéis e a polícia tomasse o controle da cidade.

Minha mulher me esperava assistindo um filme pela televisão; sabia que eu chegaria mais tarde porque não tinha ido de carro.

— O que você está assistindo? — perguntei, fazendo um esforço para reconhecer algum ator desse filme argentino, em preto e branco, que se passava no sul.

— *A Terra do Fogo se apaga* — respondeu.

Vi a neve ou, mais que a neve, o gelo, e pensei que devia voltar para o sul, para a paisagem da foto com o funicular, uma viagem interminável até o céu.

— Falta muito?

— Está para acabar.

— Ela é Zully Moreno ou Ivana Kislinger?

— Não sei, eu também as confundo.

Deixei-a sozinha com o final e fui tomar um banho. Lembrei-me do que Matienzo disse sobre o banheiro do ex-ministro. Imaginei a banheira do chalé de Ugarte cheia de água e Mujica e Cummins submergindo a cabeça de Elena. Ao pensar nisso, fui invadido por um sentimento profundo de angústia e me meti debaixo do chuveiro para que a água caísse até o dia do Juízo Final, até a Terra do Fogo se apagar.

E se apagou; e, quando se apagou, Estela me chamou de fora para me avisar que a mesa estava posta.

— Que tal o filme?

— Não sei, sinto uma sensação estranha quando não sei se a história termina bem ou termina mal.

— Costuma acontecer.

— E o jantar com Matienzo?

Sabia que ela ia ser tão direta quanto o coronel.

— Falamos um pouco sobre tudo.

— Assim está bem.

— É, mas não foi só isso.

— O que você contou, Villa?

— Não contei nada, disse qual era a minha posição. Tinha que dizer para alguém, depois de tantos anos.

— Justo para ele!

— Sinto que todos me abandonaram.

— Isso inclui a mim?

— Não, todos os do ministério.

— Mas Villalba conversou com você por telefone.

— Uma vez.

— Eu disse para você esperar, hoje todo o mundo está metido nisso sem saber para onde ir. Villalba deve estar calculando que peça vai mover.

— A teoria da partida de xadrez! Não fale comigo com as teorias de Pontorno! Pontorno está acabado. Matienzo deu a entender.

— Você falou com ele sobre Pontorno?

— Falei.

— E sobre mais alguém? — perguntou, e pensei se queria saber se também tinha falado dela, se podia confiar em mim.

— Sobre Salinas, Villalba, Firpo.

— E sobre Mujica e Cummins?

— Aí quem falou foi o coronel.

— O que ele disse? — inquiriu-me quase com pressa, o que, apesar do medo e da situação, me causou um certo prazer ao comprovar que ela também perdia a calma e não podia esperar.

— Disse que trabalhavam ou eram dos Serviços.

— Espero que você não tenha prometido nada.

— O que você quer dizer?

— Espero que não se tenha comprometido com ele.

— Estela, tenho que tomar uma decisão. Durante todos estes meses estive fazendo um relatório secreto sobre as atividades do ministério.

— E onde está? Está aqui, em casa? — disse com medo, como temendo pela própria vida. É uma egoísta, pensei...

— Não tenha medo, está num lugar secreto que só eu conheço.

— Sim, mas por que você fez isso?

— Para me resguardar.

— E qual é a decisão?

— Se devo ou não entregá-lo ao coronel.

— Queime-o.

— Queimá-lo? Depois de todo o trabalho que me custou? E está escrito em código! Se for entregá-lo, tenho que trabalhar toda esta semana traduzindo para que Matienzo possa entender.

— Em código? Em que código?

— Nas regras mnemotécnicas que aprendi na faculdade.

— Você está louco, Villa!

— Você também está me deixando sozinho.

— Não, estou dizendo para queimá-lo. Matienzo vai embora, está só de passagem. Nosso trabalho está no ministério; sua decisão vai me arrastar também.

— Acho que o coronel é um homem providencial.

— Por quê?

— Porque conhecia Firpo e disse que era um cavalheiro; existe alguma coisa que os torna parecidos.

— Outra vez esse Firpo em nossa vida! Já aquela mulher tinha dito para você não o seguir.

Nisso ela tinha razão. Não tinha dado ouvido às palavras da Cuca Cuquilla. Mas, desta vez, tinha certeza de que Matienzo também era um cavalheiro e Estela me ofendia ao desprezar tão rapidamente o "meu ponto de vista". E disse com ênfase:

— Eu também tenho meu ponto de vista.

— O problema, Villa, é que todos têm "seu ponto de vista".

— Não estou entendendo.

— Não importa. Peço para você não fazer isso.

— Já fiz muitas coisas que você me pediu.

— Se você der o relatório ao coronel, eu volto para o Chaco, vou embora, Villa.

Não respondi. Não queria ficar sozinho. Queria esticar minha mão à noite e encontrar a dela, apesar de, às vezes, achá-la indiferente. Ela tinha me ensinado que não se deve ter pressa. Decidi mentir para ganhar tempo.

— Não vou entregar para ele; prometo.

— Vai queimá-lo?

— Ainda não, mas prometo que não vou dar para ele.

— Está bem.

Agora começaria a fazer manobras para me fazer queimar o relatório. Proteger-me era proteger-se; se eu tivesse dito que não, Estela teria ido embora.

Percebia que também não podia confiar nela. Adormeci pensando que pela manhã iria ao clube para buscar o relatório.

Pela manhã fui ao Arsenal. Procurei o relatório e foi difícil reconhecer minha própria letra, quase um hieróglifo. Disse para mim mesmo: "letra de médico". A única coisa que Villa tem de médico.

No ministério tinha passado para o plantão ativo nos fins de semana e para o plantão passivo no dias úteis. Minha mulher ia todos os dias cobrir um plantão ativo, o que me dava a vantagem de poder ficar sabendo dos acontecimentos sem ter que ir. Também a possibilidade de estar sozinho para poder fazer o que eu quisesse.

Ultimamente, como não podia contar para minha mulher o que aconteceu com Elena na rua Ugarte, fechava-me na biblioteca "Esteban Echeverría" nos Olímpicos e me dedicava a ler livros de mitologia cheios de histórias de traições e amores desgraçados, onde apareciam quase sempre gêmeos como réplicas de Cummins e Mujica.

Na biblioteca, comecei a traduzir o relatório para Matienzo. Comecei a escrever febrilmente tudo o que tinha ouvido. A vez em que vi Villalba conversar com Lopresti e Salinas. Foi enquanto combinavam o transporte de avião até o interior de dois caixões, dois homens. Perguntei a mim mesmo se eram homens o que havia ali dentro. Descrevi a cara de Villalba, a pressa de Salinas, a complacência ambiciosa de Lopresti; anotei a soma em dinheiro que esse transporte implicava.

Assim passei minha primeira tarde: copiando as cifras de quanto tinham custado os helicópteros e a coincidência da quantidade de vôos a San Nicolás, nos mesmos dias e à mesma hora. Anotei ao lado: lugar, fábricas e sindicalistas. Bastião da luta operária. Narrei detalhadamente o dia em que Perón se sentiu mal por uma suposta pneumonia e de Olivos começaram a pedir cilindros de oxigênio. Denunciei que nem sequer tinham um pequeno hospital de emergência montado e que os laboratórios se negavam a fornecer o oxigênio porque era domingo, mesmo eu dizendo: "É para o presidente". Mencionei a intervenção médica de Emergências e o transporte ao hospital Cetrángolo sob a responsabilidade do Departamento representado pelo doutor Blanco. A posterior discussão entre Salinas e o médico de cabeceira do presidente, na qual o acusava de negligência no melhor dos casos, ou de complô do entorno, no pior.

Durante aquela semana, os dias transcorreram de maneira febril. Pela manhã, o trabalho na biblioteca e, à noite, esperar que Estela trouxesse alguma notícia. Ela se mantinha reservada. O mais importante que me havia dito eram palavras de Villalba: "Ele disse que é preciso esperar, que o Departamento está limpo".

Entretanto, eu continuava com a firme decisão de entregar o relatório a Matienzo antes do fim de semana. Trabalhava em silêncio, procurando não despertar suspeitas em minha mulher. Às vezes era difícil me concentrar no que estava transcrevendo por causa das idéias que me vinham de repente à cabeça: histórias com os Olímpicos, desde Delfo Cabrera até Pascualito. Imaginava que Matienzo tinha um filho que tinha sofrido um acidente em algum lugar da Patagônia. Partíamos de noite no *Guarani*. Atravessávamos a tempestade de neve, o avião sacudia, mas, finalmente, aterrizávamos num campinho com tratores colocados nas laterais, iluminando a pista, e que lhe davam um aspecto quase de outro planeta. O filho estava na sede de uma fazenda e íamos buscá-lo numa Rural. Nós o colocávamos na maca do avião e começávamos o vôo de volta a Buenos Aires. Matienzo olhava para mim, porque a vida do seu filho estava nas minhas mãos. Então havia um momento decisivo, dramático: eu tinha que efetuar uma traqueotomia para salvá-lo. E eu o fazia em pleno ar, com o mínimo de recursos, e era a primeira vez que se realizava uma traqueotomia em vôo. E, quando chegávamos ao Aeroparque e o transferíamos ao Diagnóstico, os especialistas perguntavam quem tinha feito a traqueotomia e Matienzo me apontava com o dedo e dizia: "O doutor Villa foi providencial, salvou-lhe a vida. É preciso ter coragem e determinação". Matienzo apertava a minha mão e íamos caminhando pelo corredor enquanto perguntava: "O que você quer, Villa? Pode me pedir o que quiser". Eu ficava calado por um momento até que dizia: "Ser médico na Secretaria de Esportes. Para poder ir às Olimpíadas, sabe? Como o capitão Dossi. Lembra-se, coronel, do chefe de companhia, campeão de sabre, que foi às Olimpíadas do Japão? Parecia um deus na foto que havia na Cantina dos Oficiais".

Matienzo nem sequer me recebeu pessoalmente, porque estava muito ocupado, mas minha cabeça estava queimando pelo que eu ia lhe entregar. Na tarde de quinta-feira, tinha posto a última palavra no relatório e sabia que minha vida estava em suas mãos. Já não podia confiar nem na minha mulher; estava desolado. Só esperava que o coronel pudesse ler o relatório antes de eu assumir o plantão do sábado à noite. Dois dias é tempo suficiente, pensei. E deixei as pastas num envelope fechado, em seu nome.

O problema era como passar esses dias com as mesmas idéias na cabeça. Se pudesse pensar em outra coisa, seria feliz, dizia a mim mesmo. Fazia força para prestar atenção, mas era impossível. Minha mulher falava comigo e eu parecia absorto.

— No que você está pensando, Villa?

— Nos deuses, Estela.

— Nos deuses?

— Sim, como os antigos, estamos nas mãos dos deuses.

— Do que você está falando, Villa?

— Você está vendo essa libélula perto da luz?

— Sim, é sinal de chuva.

— Bastaria eu me levantar e esmagá-la entre as mãos e tudo estaria acabado para ela, tão cheia de vida, como parece com esse zumbido como um motorzinho. Nós estamos assim, nas mãos dos deuses.

— Você não deveria ir mais à biblioteca. Você fica extravagante, me dá até vergonha.

— Não deveria ficar com vergonha de mim.

— Ultimamente você está com idéias fixas; deveria tirar férias.

— Amanhã tenho que assumir o plantão. O coronel estará me esperando.

— Fiquei sabendo por Villalba que é o último dia dele no ministério. Na segunda-feira vem o novo diretor: um homem da Marinha. Talvez eu tenha voado com ele; lembre-se de que o *Esperanza* era tripulado por gente da Marinha.

— Matienzo vai embora?

— Vai, eu já tinha te antecipado.

— Como todas as coisas.

— Mas não se preocupe, como quem o substitui é da Marinha, com certeza eu o conheço; voei com muitos capitães de navio e corveta. Além disso, estive em Ezeiza por muito tempo; no Policlínico havia muitos marinheiros. Fique tranqüilo, Villa, tudo vai se ajeitar — disse Estela, e pegou na minha mão como nos velhos tempos e eu senti um alívio momentâneo, porque não podia deixar de pensar que o coronel ia sair do ministério.

Sábado foi o dia mais longo. Saí para o plantão com muito tempo de antecedência. Minha cabeça ardia, dava voltas e voltas pelo centro evitando e aproximando-me ao mesmo tempo da Praça de Maio.

De repente dei por mim diante da casa do doutor Firpo. Como um autômato, toquei a campainha. Gaita, sua empregada da vida inteira, atendeu; os filhos não estavam.Cumprimentou-me cordialmente e perguntou o que eu queria. Quase automaticamente, disse:

— Eu gostaria de dar uma olhada na casa; às vezes tenho saudades do doutor.

— Não me diga! Os filhos, ao contrário, parecem não sentir sua falta.

— Não?

— Isto virou uma pensão. Só vêm trocar de roupa ou comer. O senhor gostaria de entrar mesmo?

— Sempre quis entrar. Quantas vezes eu não imaginei esta casa por dentro...

— Entre, doutor, entre. O doutor Firpo sempre falava do senhor.

— É mesmo? E o que dizia?

— Villa é um empregado eficiente, dizia. Mas entre, entre.

A plantação era como eu tinha imaginado. Estantes de carvalho com portas de vidro, pisos atapetados, *boisserie*. A mesa do doutor, uma mesa espanhola do século XVIII com incrustações de marfim. Estremeci ao ver sobre ela duas cabeças de cavalo que eram dois pesos de papel de bronze veneziano. Fiquei tão hipnotizado que Gaita aproximou-os de mim para que os visse melhor.

— O doutor dizia que era uma réplica dos de São Marcos, era muito religioso — disse Gaita enquanto me estendia os pesos de papel.

— Estes são mais pesados.

— Mais pesados que quais?

— Que o alfinete de gravata.

— Ah! O alfinete de gravata! Isso é um mistério. Ninguém sabe como desapareceu. O doutor gostava tanto dele...

— Sim, gostava muito — respondi, procurando a saída da plantação enquanto lhe devolvia os pesos de papel e olhava a hora, porque, de tanto demorar, estava ficando tarde.

— Está ficando tarde para eu assumir o plantão. O outro médico deve estar me esperando. Desculpe-me por ter tocado a campainha a esta hora da noite.

— Não se preocupe, sempre vou dormir tarde. Fico esperando os filhos do doutor.

Saí dali e tomei um táxi para ir até a Praça. Entrar na plantação tinha me comovido. Os pesos de papel seriam o presságio de alguma coisa? Tantos anos esperando o doutor no carro ou no hall de entrada e de repente estar dentro, olhar a biblioteca, ter os pesos de papel nas mãos. Fiquei curioso por saber em que parte da casa estariam os diplomas com as assinaturas do xá da Pérsia e do general De Gaulle.

Quando cheguei ao ministério, o coronel já tinha jantado e tinha ido dormir. Pizarro não estava e havia poucos civis. Imaginei-o dormindo no catre e pensei no catre de Perón na noite em que chamaram de Olivos para que conseguíssemos um catre especial. Dada a sua doença, só podia dormir ali. Não queriam que o pedíssemos ao Dupuytren nem a nenhum serviço de traumatologia, porque não devia haver vazamento de informações sobre seu estado de saúde. Saímos na ambulância com Mussi para buscar um numa fábrica que lidava com essas coisas. Apesar de mencionarmos o ministério, o vigia não queria entregá-lo a não ser com uma ordem do dono. Quando localizaram o dono, este perguntou para quem era o catre a essa hora da noite: "É para Perón", dissemos.

Era difícil acreditar nas coisas que faltavam para Perón e, na manhã seguinte, no livro de plantões, onde anotávamos todas as novidades, registramos o episódio. Na segunda-feira, quando Salinas o leu, mandou arrancar as folhas numeradas e assinadas e foi preciso refazê-lo. Muitas coisas nunca passaram pelo livro de plantões: as ambulâncias para Ezeiza, algumas viagens misteriosas do helicóptero, a maioria dos transportes de caixão.

Pela manhã, Matienzo levantou-se cedo para tomar o café. Eu passei a noite na ambulância e tive que tomar um comprimido para dormir. Comecei a suspeitar de que alguma coisa estava acontecendo, porque o coronel tomou café sozinho em seu gabinete e não se deixou ver até quase o meio-dia; surpreendentemente, disse que ia almoçar em Palermo. Disse isso pelo intercomunicador e saiu pela porta privativa, de tal maneira que não pude vê-lo.

Já se sabia que ia partir no dia seguinte, porque o ajudante começou a levar os objetos pessoais do coronel para um *jeep* que o esperava na garagem.

Não o vimos entrar. Vi sua sombra através do vidro da porta do seu gabinete e ouvi sua voz me chamando pelo intercomunicador.

— Que entre Villa — disse com um tom de voz que me recordou aqueles dias do Campo de Mayo.

Estava de pé diante dele. Na parede, faltava o retrato de Perón. O coronel, sentado na minha frente, me olhava nos olhos. Sobre a mesa estava a pasta em que reconheci minha letra.

— O que você pretende com isso? — perguntou, apontando para a pasta.

— Informá-lo, coronel.

— Com que objetivo?

— Para que o senhor ficasse a par.

— Você acha que isso é um documento?

— Decerto modo, sim, coronel.

— Tem cópia?

— Não.

— Você entrega um documento secreto, confidencial, e fica sem cópia?

— Não pensei nisso, coronel.

— Há muitas coisas em que você não pensa. Isso dá para notar pelo seu relatório.

— Ao que o senhor se refere?

— É que isto não é objetivo. As provas são insuficientes. É o relatório de um desesperado. Há uma paixão doentia na sua descrição de Cummins e de Mujica. O que você quis fazer, Villa?

— Explicar meu ponto de vista sobre os acontecimentos.

— Você percebe que, assim, se compromete, e compromete também muita gente? Por que está fazendo isso?

— Já lhe disse, coronel: algum dia tinha que expor meu ponto de vista.

— Espera algum benefício, Villa?

— Sim.

— Qual?

— Espero que um homem como o senhor possa compreender por que fiz certas coisas.

— O que compreendi, Villa, é que você é um homem perigoso, que, por medo, pode chegar a fazer qualquer coisa.

— Sei que por medo posso fazer qualquer coisa, mas não entendo por que isso me torna perigoso.

— Sabe, Villa? O medo é paradoxal: é a melhor metodologia em alguns casos, mas, ao mesmo tempo, escapa a toda metodologia. Um homem com medo é como uma granada prestes a explodir. Sabe qual é o problema? Qualquer um pode ativá-la. Não, Villa, você não serve para a minha metodologia. Para a minha metodologia até é mais útil o Villalba.

— Permita-me, coronel: o senhor pensa assim de mim pelo que fiz com a moça?

— A moça é uma a mais, não me interessa em especial. Nem me importam os motivos que o levaram a fazer aquilo. Você, Villa, nem sequer desperta minha curiosidade. Por outro lado, isto só está começando. Minha diferença com esta gente é metodológica, mas o inimigo é comum.

— Então não serve para o senhor, coronel?

— Olhe, Villa, isto você pode guardar, queimar, jogar fora, fazer o que quiser. Só tem um interesse pessoal, que é o seu. Você, Villa, não serve para nenhum posto operacional. Eu o exoneraria, nem sequer lhe daria uma tarefa administrativa. Mas não se preocupe, partirei amanhã e não mexo com essas coisas.

— Não quer ficar com ele, coronel?

— Já lhe disse que não. Por que me pergunta de novo?

— Porque não sei o que fazer com ele. Antes estava escondido, antes de entregá-lo ao senhor tinha um sentido, agora tem outro. É algo que queima as minhas mãos.

— Tome, Villa, cuide você do seu monstro. Não vou nem aliviá-lo. Leve-o com você. Eu o dispenso do plantão, pode ir embora já. Não quero, quando sair para cumprimentar o pessoal, ter que cumprimentar você. Poupe-me desse momento.

A pasta era um peso enorme, tão enorme quanto o desprezo de Matienzo. Não tinha tido piedade, nem mesmo estava indignado, apenas não queria ter-me diante dos seus olhos. Precisava voltar para casa, chegar aos Olímpicos. Entrar a qualquer hora da noite no Arsenal e tirar essa pasta de circulação. Eu também não queria tê-la diante dos meus olhos, porque já era o bastante tê-la na cabeça.

Como em qualquer noite, quando cheguei ao Arsenal, estavam apostando:

— Aposto, Villa, que López Rega está na Espanha — disse Ibarra, o escriturário.

— Eu já não aposto mais, Ibarra — disse, de maneira resignada.

— Quem não aposta não pode ser sócio deste clube — respondeu, num tom sério.

"A única coisa que me falta é perder o cofre do Arsenal", disse a mim mesmo. Onde ponho a pasta, onde o cavalo de Firpo, onde essas duas medalhas partidas ao meio como a minha vida? Tive vontade de perguntar a Ibarra enquanto caminhava para onde estavam os cofres com a chave que ele me deu.

Deixei o monstro, como o chamou Matienzo, e me senti aliviado. Depois da humilhação e do desprezo, me embargavam a decepção e uma certa sensação de não entender que me enchia de ressentimento por Matienzo. Entretanto, nesse mesmo ponto começou a surgir um sentimento de ódio por ele, ódio porque não tinha aceitado o meu ponto de vista. Que diferença com Dossi! Mas ele era um Olímpico. O coronel é um camponês, e um camponês se aferra à terra e aos mesmos costumes que vai adquirindo dia após dia nessa rotina monótona. Um camponês tem um único ponto de vista, pensei.

À medida que regressava para casa e meus olhos iam se enchendo de lágrimas — um pouco por causa do vento, um pouco pela impotência —, o sentimento de ódio ia se dissolvendo e dando lugar a um profundo desmoronamento. O que é que eu ia fazer agora que a vida não me tinha dado outra oportunidade, a oportunidade que acreditei estar tendo quando jantei aquela noite com Matienzo? Também não podia contar para minha mulher porque, com certeza, iria criticar o que eu tinha feito e até, como afirmou, podia me deixar.

A Cuca Cuquilla tinha morrido e já não podia encontrá-la em nenhum dos vagões carregados de girassóis onde, jogando dados, pudesse me dizer alguma coisa sobre o meu futuro. Cabrera também não estava correndo no meio da noite com o peito cheio de medalhas que iluminassem a escuridão. Tudo era negro, muito negro, e eu não sabia para onde ir.

Finalmente encontrei um lugar. Só que não foi nessa noite nem na seguinte. Passaram semanas até que chegou ao ministério alguém da Marinha para ser rapidamente substituído por um delegado reformado e um pouco mais tarde por outro coronel, o coronel Merano. Com ele, Mussi, que continuava morando na costa perto do rio em Olivos e roubava eletricidade da Residência Presidencial, pôde realizar seu sonho. Mussi era amigo de infância de Merano e, quando este entrou no ministério para assumir o Departamento, abraçou-o na frente de todos e disse: "Como vai, Pascual?". Porque Mussi era Pascual e não Pascualito, o campeão mundial. E não gostava que as pessoas o chamassem de Pascualito. E Mussi realizou seu sonho, porque se transformou no homem de confiança de Merano. Deixou de ser chofer e passou a ficar no gabinete do coronel. Então me disse: "Veja só, Villa, agora, se eu quiser, vêm me buscar de carro em casa, e se Firpo estivesse vivo teria que se disfarçar de chinês e me levar de riquixá".

Mas o lugar não foi ao lado de Mussi. Encontrei-o andando, quase à deriva, quando já acreditava que não havia lugar no mundo para mim.

Entrei nessa paisagem tão familiar para tia Elisa. Em outros tempos, a Chacarita era um passeio. Agora tinha se transformado num lugar lúgubre, quase sórdido, e que até inundava. E, enquanto caminhava, ia recordando esse passeio da infância, desde o cigarro de Gardel até as flores à madre Maria.

Quem eu estava procurando? Marta Céspedes, nascida em dezembro de 41? Enterrada quase no mesmo dia do seu aniversário, em dezembro de 75? Levada à Chacarita por estranhos. Marta Céspedes, que era o nome de Elena Espinel. Seu túmulo ou sua gaveta podia estar sabe-se lá em que lugar da Chacarita e sabe-se lá se tinha sido levada a esse cemitério.

Entretanto, não deixava de procurá-la num percurso exaustivo em que ia levantando, como num pequeno cadastro, galerias de gavetas onde a minha memória tentava reter aquele nome que me parecia possível. Desde a estatística mais elementar: há mais homens que mulheres enterrados, morre mais gente entre os quarenta e os cinqüenta que entre os cinqüenta e os sessenta. Ia construindo meu pequeno mundo de conjeturas, tinha meu caminho de túmulos onde procurava um nome no meio das inscrições familiares e um rosto nas fotos das lápides. Passava horas na Chacarita procurando o túmulo de Marta Céspedes. A busca já se tinha transformado numa obrigação que não admitia falhas. Tinha topado com alguns túmulos de mulheres dessa idade, ou de idade próxima, que tinham morrido em dezembro de 75. Não pensei em ir à Administração de Cemitérios para pedir uma lista dos enterros nesse dia porque tinha medo de levantar suspeitas.

A possibilidade de encontrá-la por esse nome, por ter confiado na piada macabra de Mujica, dissolveu-se depois de passados os primeiros dias de busca. Havia, entretanto, um nome cujos dados podiam coincidir: Silvia Gutiérrez, 1943-1975, escrito sobre uma cruz que ainda era de madeira no lugar onde a grama tinha crescido até quase tapar a cruz e o nome.

Sem flores, sem lápide, jazia Silvia Gutiérrez, no ângulo esquerdo de uma longa fileira de túmulos que davam para a cancela da Paternal, esquecida do mundo.

Nunca teve uma visita durante todos os dias em que percorri o cemitério, e eu também não decidi pedir ao zelador para providenciar uma lápide. Preferi esse inchaço da terra quase escondida que sobressaía tímida mas implacável para me dizer que ali havia um corpo que tinha um nome.

Estive tentado a ir à Administração de Cemitérios e pedir algum dado de Silvia Gutiérrez, mas o medo me deteve. Também procurei na lista números de telefone para os quais nunca liguei. Afinal, o que me importava quem era Silvia Gutiérrez, para quem eu não precisava inventar uma vida e sim arrebatá-la? Arrebatar a vida que pudesse ter tido para dá-la à Elena, porque essa cruz e esse nome eram só uma desculpa para eu poder conversar ou confessar-me perante ela.

Então não tive mais dúvidas e a escolhi. Escolhi para contar o que não tinha podido dizer naquela noite, desde o momento em que ouvi a sua voz.

A primeira coisa que fiz foi colocar flores. Como um intruso, comecei essa cerimônia despojada mas íntima em que se vai cortando os talos, escolhendo a combinação de aromas e cores, tratando de lembrar das flores de que ela gostava. E eram camélias. E não era fácil conseguir camélias em Buenos Aires, mas procurei — como daquela vez na minha juventude quando era mosca — agora numa elegante floricultura da rua Paraguai, perto da plantação. E era como se as tivesse cortado da própria plantação e tivessem crescido nela, displicentes, elegantes, até quase indiferentes nessa suavidade e nesse sentimento que dá sentir-se diferentes de todas as flores.

A primeira coisa que eu disse foi: "Que sorte que não foi Otero quem te levou até o cemitério. Teria sido uma zombaria". E teria sido verdadeiramente se se imaginasse esse cortejo em que Otero e Villa caminhavam lado a lado. Ele, sem saber que você era a moça do cabelo curto e tingido, aquela moça da bicicleta, e eu, acompanhando uma mulher que esteve na minha vida e que ia continuar estando apesar de estar morta, e tudo se parecia tanto com aquela vez que eu andava atrás daquele cortejo no Chaco, enquanto Mussi e minha mulher iam na ambulância.

Fazia anos que não nos víamos. Mais de dez. Quando ouvi a sua voz, pareceu-me um sonho real, e percebi que nunca tinha te esquecido.

Não te ver não é a mesma coisa que não saber nada de você. Nos Olímpicos, cedo ou tarde se acaba sabendo de tudo. Sabia que você tinha se casado com um jogador profissional. E confesso que até senti uma certa alegria, uma alegria miserável ao saber que o seu casamento não tinha dado certo. Foi um sentimento que não pude evitar.

Adivinhei como sua vida foi se construindo. Quando o casamento começou a fracassar, você se voltou para duas coisas: o filho que teve e a militância política. Você sempre foi dissidente e combativa. Esse foi o motivo da nossa primeira separação. Você não era como as outras. Tinha se filiado ao Partido Comunista, estava na revista *Vuelo* de Avellaneda. Era uma revista de poesia política revolucionária, e você parecia exótica se comparada a qualquer uma das moças que iam dançar no Crámer ou no Automóvel Clube. No fundo, sempre continuou sendo peronista por herança do seu pai. Por isso nunca consegui entender como você entrou na escola naquela greve de estudantes.

Fui seguindo sua vida através das apostas nos Olímpicos. Você sabe que no Arsenal se aposta até a própria mãe e, um dia, já não me lembro quem, disse: "Aposto que aquela moça que era sua namorada virou montonera". E passei direto, como quem não ouviu nada, mas ouvi.

A tia Elisa, que nunca deixou de gostar de você, disse um dia: "Elena tem um cargo muito importante no sindicato dos petroleiros. É uma sindicalista conhecida". E eu respondi o que sempre tinha respondido à tia Elisa: "Eu, de política, não entendo nada". E por acaso estava enganado? Por acaso estava mentindo? Você não está mais segura agora, tapada com esse montinho de terra, sem sentir nada, nem frio, nem medo, nem incerteza? E, o que é melhor, sem sentir o colapso. Porque um dia desses, depois de terminar de te contar o que aconteceu naquela noite, vou te contar o que é um colapso interior e espero que, diferente da minha mulher, você possa me entender.

Nesses dez anos houve uma possibilidade de voltarmos a nos encontrar. Sei que você foi visitar a tia Elisa pelo menos duas vezes, que foi as que ela me contou. Eu ainda não tinha me casado e você estava separada, e sei que ela te disse alguma coisa sobre a possibilidade de voltarmos a nos encontrar. Já naquela época acho que eu não teria me atrevido. Primeiro, sua carreira política me envergonhava e me dava medo; segundo, não sei se você era a mulher adequada para um médico. Isso pelo meu lado. Pelo seu, pensei que você iria me desprezar pelo rumo que a minha vida tinha tomado. E esse era um ponto no qual você nunca teria cedido.

Também fiquei sabendo da morte do seu pai, como antes fiquei sabendo do acidente que tinha sofrido e pelo qual tiveram que cortar a perna dele no Fiorito. Aí também tive sentimentos conflitantes: por um lado, como médico, teria gostado de estar nesse hospital dos meus plantões e tê-lo salvo; e, por outro, sentia vergonha de que ele tivesse entrado em estado de embriaguez.

Como você pode ver, estava a par da sua vida. Minha última esperança de um reencontro foi quando a tia Elisa te avisou que eu ia me formar em medicina. No dia do juramento, esperei que você surgisse entre as pessoas para poder te entregar o diploma. Até demorava caminhando até o palanque, esperando essa sua presença que nunca chegou.

Acho que foi a última vez que te esperei. Depois quase não tive notícias suas. Alguns diziam que você tinha entrado na clandestinidade. Tia Elisa recusava esses boatos, que considerava infundados, e até me deu um endereço em Bernal, para onde você teria se mudado, apesar de nunca ter tido coragem de ir.

A partir desse momento, eu não soube mais nada de você, até aquele dia na rua Ugarte. Daquela noite há coisas que se apagaram com a mesma precisão com que outras permanecem. Por exemplo, o que Mujica me contou sobre o seu coturno. Depois, o cheiro que havia naquele quarto e que ainda volta às vezes sem que eu possa saber de onde vem.

Não te reconheci com o cabelo curto e tingido e vestida de soldadinho. Além disso, como eu ia imaginar que você ia estar lá? Matienzo foi a mesma coisa. Como ia adivinhar que ia reencontrá-lo no ministério, depois de tantos anos? Se lembra de Matienzo, aquele tenente de comunicações que não tirava os olhos de cima de você?

Há um antes e um depois de ouvir a sua voz. Antes, te odiava porque a sua presença fazia eu ter que estar lá. Odiava a sua existência irreconhecível. Você existir fazia eu ter que estar lá cumprindo as ordens de Mujica e de Cummins.

Depois de ouvir a sua voz, comecei a agir como um autômato, inclusive quando peguei a meia-medalha. E até mais tarde, quando te acompanhava em silêncio e sabia que você estava ali, sozinha, morta, e que sempre teve medo de dormir sozinha.

Não sei por que fiz o que fiz. Todos os pensamentos surgiram depois. Agora poderia começar a te dar alguns motivos. O primeiro é de índole pessoal. É egoísta: foi por medo de que você me comprometesse, que Mujica e Cummins descobrissem e pudessem te relacionar comigo. O que, de fato, teria me transformado, aos olhos deles, num infiltrado. Por outro lado, iam me vincular com o atentado. Eu, do meu posto no ministério, poderia ter dado a informação e a logística necessárias para que pudessem agir. Não me esquecia de que no gabinete todos, principalmente Villalba, te conheciam. Teria sido fácil relacionar-nos; em seguida, teriam inferido o que eu inferi. Não sei se isso era fechar a sua boca, mas me dava um respiro. E eu sempre precisei de respiros, como se a minha vida tivesse sido o intervalo entre um respiro e outro. Como quando corria com Cabrera. Então tinha que esperar a noite, esse minuto para viver a vida, e a vida era uma coisa que batia de repente, como uma lufada de ar.

Quando te digo que não te reconheci, tenho o mesmo sentimento que tive quando te vi avançando pelo cais em Corrientes, e você tinha cortado e tingido o cabelo. Era um sentimento de raiva, mas também de indiferença, como se dissesse para mim mesmo: essa mulher não tem nada a ver comigo. Como se fosse a fotografia de uma estranha, por isso não quis nenhuma foto enquanto não vi seu cabelo crescer. Se você era uma desconhecida, não me importava nem um pouco o que pudesse te acontecer.

Mais tarde, pensei que tinha sido um sentimento altruísta, que realmente tinha te escutado e que tinha feito aquilo para te salvar, o que me dava outro valor, outro valor perante seus olhos e perante mim mesmo. Tinha te salvado e me salvado; como se diz, matei dois coelhos com uma cajadada só.

Quero te dizer que todas estas coisas são, de certo modo, verdadeiras. Neste momento não posso te dizer mais que isso. Também não posso te pedir perdão, porque acredito nas coisas que estou te contando.

A respeito do que aconteceu depois, não tenho nada a ver com isso. Não podia ter evitado. Por outro lado, pensei que seria melhor não continuarem machucando o seu corpo. Quase até preferi que você estivesse em algum lugar, enterrada como todos, mesmo que com outro nome. Depois da minha primeira visita, confesso que até estive a ponto de falar com sua família e dizer que você estava aqui, Elena Espinel, Marta Céspedes, com o nome de Silvia Gutiérrez. Sobre as flores, foi uma piada macabra de Mujica, acho que nesse momento eu já estava sob os efeitos do colapso. Por que não te acompanhei no enterro? Porque não teria servido para nada e porque tinha medo. É verdade que hoje saberia com mais certeza onde você está, mas tenho certeza de que você está aí e está me escutando.

Sobre o nome, não foi idéia minha. Talvez tenha sido alguma intervenção do destino, porque Marta foi seu segundo nome, apesar de você rejeitá-lo, porque não gostava dele. Nunca vi a foto que puseram no documento. Com certeza não foi aquela de cabelo curto e tingido do dia da bicicleta, nem a do dia da sua morte.

Não sei, Elena, se houve ofício religioso. Na hora que eu calculei como sendo a do seu enterro, rezei. Depois coloquei *A dança do fogo* de Ravel, para te ver como você se imaginava no dia da sua morte. Faltavam as camélias brancas, eu as trouxe depois. Agora.

Sei que nunca mais, ou só morto, vou voltar a cruzar essa porta. Eu teria gostado de te conhecer quando ainda era o mosca de Sívori; então, eu era alguém que prometia. A minha história de mosca sempre te divertia, e você me pedia para contar mais uma vez.

Agora eu vou me virar e vou dar as costas para você, como vou dar as costas para todas as coisas que me magoam e que quero ignorar. Até hoje tem funcionado. Por isso me despeço, porque depois vou disparar direto até a porta sem olhar para trás. Como quando brigávamos, só que então sempre um dos dois voltava.

Mal haviam passado duas semanas desde minha visita ao cemitério quando voltei a ouvir aquela voz familiar. Estava na sala e Estela Sayago andava por algum lugar da casa.

— Como vai, Villa? Quanto tempo! — era a voz de Cummins, não podia ser outra.

— Cummins? É você? — perguntei, para ter certeza de que não estava sonhando.

— Sim, Villa, parece surpreso. Ou você achava que eu estava morto e que está falando com um fantasma?

— Não, Cummins, sua voz é inconfundível — respondi.

— Se não me falha a memória, antes você me chamava de senhor Cummins. Mas está bem, Villa, não peça desculpas. O mundo mudou.

— Onde você está?

— Antes também era eu quem fazia as perguntas. Mas não se deixe enganar, Villa: são infinitos os caminhos que conduzem ao Senhor. Só queria adiantar a novidade que vai acontecer na sua vida: você será transferido para Resistência.

— Para Resistência? — interrompi, desconcertado.

— É! E veja só que coincidência: Mujica e eu estamos trabalhando nessa região.

— Para quem trabalham?

— Para o Governo. Nós sempre trabalhamos para o Governo.

— E o que é que eu tenho a ver com isso? Sou médico.

— Sim, nunca me esqueço de que você é médico, principalmente por aquela feliz intervenção na rua... Bom, sempre digo que não se deve dar nomes.

— Mas por que vão me transferir? — disse, voltando a esse

tempo passado, em que eu fazia perguntas a Cummins quando sentia que minha vida estava em suas mãos.

— Por causa da descentralização. Mas, cá entre nós, Villa: Mujica e eu fizemos um pequeno esforço para que o transfiram. Queremos tê-lo por perto. Vai nos ser útil.

— Para quê? Não contei nada para ninguém.

— Tem certeza, Villa?

— Falar teria sido condenar a mim mesmo.

— Isso não me diz nada, Villa; às vezes tem quem procure condenar a si mesmo. A propósito, ouvimos boatos de que você estava escrevendo um relatório.

Fiquei calado. Perguntei-me se Matienzo teria falado com eles, apesar de não me parecer possível. Poderiam ter gravado a conversa com o coronel, ou Matienzo tinha falado sobre o assunto com alguém que, por alguma razão, tinha contado para Cummins ou Mujica. Ou talvez já desde antes sabiam ou suspeitavam que eu estivesse fazendo um relatório, o que não implicava necessariamente que soubessem que eu o tinha entregue a Matienzo. Por sorte, não o queimei. Se não, como iriam acreditar em mim?

— Sim, escrevi um relatório que tenho guardado. Nem mesmo minha mulher o conhece. Uma catarse.

— Fico contente por você não ter mentido para mim, Villa, mas gostaria de ler a sua catarse. Você ainda a conserva?

— Sim, senhor.

— Então, Villa, traga o relatório com você quando vier a Resistência. Sempre fui um leitor ávido — acrescentou Cummins, ironicamente.

— E isso será daqui a quanto tempo?

— Você sabe como é a administração pública, sempre demora. Mas neste caso vai ser rápido, voando.

Cummins zombava de mim.

— Preciso de um pouco de tempo, arrumar as minhas coisas, contar para a minha mulher.

— Ela vai ficar contente de voltar para a sua cidade. A transferência dela também está acertada. Sabemos que tem muitos conhecidos na Marinha. Sabe? Agora mudamos de elemento.

— O que você quer dizer?

— É que já não estamos em terra, Villa; nem no ar. Agora estamos na água. Trabalhamos para a Marinha.

— Cummins, você está ligando do Chaco, da província?

— Sim, do meio da selva. Não, Villa, estou em Buenos Aires; tive que vir para arrumar algumas coisas e tomo o avião de volta em uma hora, mas não queria deixar de dar a notícia eu mesmo. Logo nos veremos em Resistência. Ah! Mujica manda lembranças.

Quando Cummins desligou, senti novamente que o mundo desmoronava. Minha única idéia fixa era ir até o Arsenal para buscar o relatório e queimar tudo o que se referisse à rua Ugarte, ou pelo menos apagar os nomes de Cummins e Mujica. Não sabia como ia poder refazer "o monstro", como o chamou o coronel, mas sentia que essa sensação que pressagiava o que eu chamava de meu colapso interior me invadia de novo. Estava com medo.

Minha mulher tinha ouvido o telefone tocar, mas estava no jardim e, quando cuidava das roseiras, por nada do mundo deixava o que estava fazendo. Entretanto, pela janela me viu falando ao telefone e, quando entrou, me perguntou com quem tinha falado.

— Com Cummins — disse.

Ela ficou desconcertada por um instante. Estava com as mãos sujas de terra e com algumas gotas de sangue, porque tinha se espetado nas roseiras. Mesmo não querendo pensar nisso, tudo me pareceu sinal de mal agouro.

— O que ele queria? — perguntou ela, como se não soubesse que eu não tinha falado com qualquer um, mas com Cummins.

— Dar uma notícia.

— Que notícia?

— Seremos transferidos para Resistência.

Seus olhos brilharam e eu não sabia se era de assombro ou de alegria, ou as duas coisas ao mesmo tempo.

— Eu também? E por quê?

— Ordens superiores; agora trabalham para os serviços da Marinha. Disse que você ia ficar contente, e tinha razão. Também disse que você era conhecida entre o pessoal da Marinha.

— Nunca te escondi nenhuma das duas coisas. Você sabia que,

quando me aposentasse, eu gostaria de voltar para o interior, e também disse que quando trabalhei no hospital de Ezeiza conheci gente da Marinha. O que você pensa fazer?

— Não sei.

— Pergunta ao Villalba para ver o que ele acha.

— Ele já deve saber, e não me avisou nada. Faz meses que não tem uma conversa pessoal comigo.

Olhei-a nos olhos; alguma coisa tinha mudado em seu rosto. Nunca tinha lhe perguntado quem era o "pessoal da Marinha", como ela chamava, de maneira impessoal, nem como ela os tinha conhecido. Não sabia quase nada sobre o passado da mulher com quem tinha me casado. Era suficiente para mim segurar a sua mão.

— No interior estaremos mais seguros — disse como se fosse uma decisão tomada, e como que selando um pacto entre nós.

— Parece que Cummins e Mujica servem para nos unir — disse, como uma crítica, não tanto dirigida a ela quanto a mim mesmo.

— Há pessoas que são unidas pela adversidade.

— Nós somos esse tipo de pessoa.

— Provavelmente, Villa; e, se for o caso, o que tem de mal?

Quando pedi à secretária uma entrevista com Villalba e ela me concedeu, soube que ele já sabia da transferência. Recebeu-me no seu gabinete. Já era um homem de confiança do coronel Merano.

— Você foi mais rápido que eu, Villa; pela primeira vez, depois de tantos anos, foi mais rápido. Eu estava por chamá-lo. Tinha que falar com você. Quase não temos conversado ultimamente. É que tem tanto trabalho... Você mal termina de explicar o funcionamento para um diretor e já vem outro. E começa tudo de novo. Ainda bem que conheço de cor todos os mecanismos deste Departamento! Mas do que é que eu estou falando? Você é um dos nossos!

— E por que estão me transferindo?

— Como você ficou sabendo, Villa?

— Essas coisas a gente sempre fica sabendo.

— Você tem razão. Mas neste caso deve ter tido uma ajudinha.

Com certeza foram Cummins e Mujica, que estão trabalhando lá. Fazem bem, toda essa fronteira com o Paraguai tem que ser trabalhada: Chaco, Corrientes, Formosa. A selva é uma cultura onde prolifera a subversão.

— Senhor, não respondeu à minha pergunta. Sou um funcionário de carreira.

— Olhe, Villa, vai ser organizada uma rede sanitária. Vão mandar aviões, helicópteros. Preferem uma pessoa com experiência e bons antecedentes. Sua folha de serviços mostra que você tem isso.

Ou Villalba estava mentindo e eu ia para outra coisa, ia para "ajudar" Cummins e Mujica, ou estava dizendo a verdade e nunca tinha falado com o coronel, que tinha uma opinião totalmente diferente.

— Ou seja, Villalba: o senhor acha que eu sou a pessoa certa?

— Certamente. Formou-se ao meu lado. Apesar de nunca ter sido médico, sou, moralmente, o diretor do Departamento.

Villalba queria se livrar de mim. Ou Cummins e Mujica tinham mais poder do que eu supunha.

— Quando vão me transferir?

— Vão transferir vocês, Villa, porque a sua mulher vai com você. Lamento muito perdê-la, é a melhor enfermeira de bordo. Mas você vai precisar dela ao seu lado. Imagine se eu não tivesse sugerido que a transferissem também? O que você faria lá, sozinho?

— Eu agradeço, senhor.

— Eu já assinei a resolução e a encaminhei. Em dois dias volta do gabinete. Em uma semana você pode pensar em partir. Suponho que mudar de casa leva tempo. Você vai alugá-la ou vai vender?

— Ainda não sei.

— Melhor, Villa, para isso é preciso dar um tempo, é a sua casa. Talvez o melhor seja deixá-la fechada. Quem diz que daqui a uns meses não o temos de volta por aqui? Viu como tudo muda de uma hora para a outra? Às vezes nem eu sei onde estou.

— Lá eu vou ter casa?

— Sim, a da secretaria. Você a conhece, é confortável, pelo menos até você poder se instalar. Sabe que, por estarem comissionados no interior, por estarem longe do domicílio, recebem um complemento. Não é muito, mas ajuda. Por outro lado, seria bom começar a pensar em montar um consultório.

— Minha mulher diz a mesma coisa.

— Como eu já disse, Villa, pessoalmente vou lamentar muito não ter mais Estela entre nós. Mas não o retenho mais, vá ligar para ela, devem ter muitos planos para fazer juntos. Não se muda assim, sem mais nem menos, de um dia para o outro, de onde se morou por tanto tempo.

Saí do gabinete de Villalba pensando numa coisa em que nunca tinha pensado antes. Perguntava se minha mulher algum dia tinha sido amante de Villalba. Tinham um jeito de falar um do outro que fazia supor uma cumplicidade secreta.

Minha mulher tinha a mesma opinião que Villalba: nos tempos que corriam, o melhor era fechar a casa. Imaginei que íamos à fronteira com o Paraguai, perto da plantação dos Picardo. Que a casa era alta e da janela percorria com os olhos essa extensão que me pertencia até que, ao amanhecer, quando o calor ainda não apertava, saía a cavalo pela plantação, disposto a exercer um poder desconhecido.

Chegou a transferência e me transformei no delegado interventor da Secretaria de Saúde do Chaco. Meu lugar de destino seria Resistência. Estela já tinha escrito a seus parentes, que estavam nos esperando. "Estão contando os dias", disse. Ela tinha seus planos para o futuro, devia estar pensando até em ter um filho. Eu só pensava em Cummins e Mujica. Meu destino continuava ligado a eles. Certamente, no meio da noite e no meio da selva, voltariam a me chamar para solicitar meus serviços. Tudo indicava que íamos voltar a "trabalhar" juntos.

Fui até o Arsenal e me dediquei durante dias a limpar o relatório. Mujica e Cummins já não apareciam nele. Apaguei o episódio da rua Ugarte, também o da rua Umbu. Desse modo, parecia uma catarse. Depois já teria um respiro para explicar o resto.

Por um instante, uni aqueles dois nomes que faziam um coração partido. Depois voltei a guardar as coisas no cofre, menos a pasta, e pensei: “Não tem sentido levá-las comigo, são coisas do passado. Algum dia verei o que fazer com elas”.

Quando fiquei sabendo que partiria em poucos dias, uma idéia fixa se meteu na minha cabeça: despedir-me do Polaco.

Não era fácil encontrá-lo, procurei pelo coração de Avellaneda. Ninguém sabia dele, como se tivesse desaparecido. Desconsolado, sentei-me na praça de Avellaneda a contemplar as filhas do marmoreiro. Ali, pela primeira vez, tinha me contado a piada das duas mulheres de formas opulentas e perfeitas, de uma cor branca que abalava até a carne, e que eram o sonho da nossa iniciação sexual. E foi ali que o Polaco disse: “Não existem de verdade, são as estátuas que estão na praça”.

Olhei para elas e as vi menos opulentas, menos brancas, menos perfeitas. O tempo tinha passado. Procurei-o na sede do Racing, onde pela primeira vez o vi trabalhar como mosca. No Automóvel Clube, onde foi o primeiro baile, no Super, onde jogávamos bilhar. Ninguém sabia nada do Polaco. Até fui ao café Mar del Plata, em frente à sede da revista *Vuelo*, onde muitas vezes tinha tomado café com Elena e também com o Polaco. O garçom, que continuava sendo o mesmo, disse que o Polaco tinha-se casado e tinha ido morar em Devoto; lá, tinha montado uma pequena fábrica.

Faltava pouco tempo. Quando cheguei à fábrica, estava fechada. Perguntei aos vizinhos, mas ninguém sabia onde ele morava. Deixei um bilhete debaixo da porta, dizendo que, no dia seguinte, partia no ônibus das dez da noite para Resistência.

No dia seguinte, o Polaco não estava no terminal. Já tinha me despedido do coração de Avellaneda, e os Olímpicos tinham ficado para trás. Sem medalhas, sem Cabrera e à luz do dia, as casas não eram casas de brinquedo e sim moradias modestas, e a Policlínica ficava insignificante.

Estela cuidava dos trâmites e das malas. Acabávamos de devolver o carro do ministério que Villalba tinha colocado à nossa disposição. Olhei-a nos olhos: estava feliz, sempre quis voltar para o Chaco.

Eu ainda esperava ver a sombra do Polaco aparecer, como

naqueles tempos de mosca quando caminhava do balcão até a mesa onde se jogava pôquer a sério.

Pelos alto-falantes perguntaram pelo doutor Villa, e tive uma última esperança. Fiquei surpreso quando, nos escritórios da companhia, Villalba me esperava. Vinha se despedir. Caminhamos até onde estava Estela. Eu me perguntava por quem teria vindo, se por mim ou por ela. Olhou-a nos olhos e disse:

— Não queria deixar de me despedir, Estela. Foram muitos anos.

— A transferência não é definitiva, Villalba. Além disso, não vai faltar nunca um avião. Resistência está apenas a umas horas de vôo.

— É verdade, você sempre tão razoável, Estela. Mas tem que ver se o mosca Villa vai deixá-la voar sozinha.

— O que é isso de mosca? — perguntou Estela.

— Na viagem vai haver tempo suficiente para que Villa lhe conte. Apressem-se, o ônibus já vai sair, todos estão subindo.

Nós nos despedimos. Como de outras vezes, não pude falar, apesar de que teria gostado de interromper esse diálogo.

Enquanto o ônibus começava a sair lentamente do terminal, minha mulher, entre intrigada e indiferente, porque já não via a hora de ir embora, perguntou-me:

— Que história é essa de mosca?

— Outro dia te conto — disse, sabendo que estava mentindo e que nunca iria lhe contar.

VILLA, O MÉDICO DA MEMÓRIA

Jorge Panesi

Não há, não houve "literatura do *processo". Houve, sim, literatura* nesse *totalitarismo que denominaram "processo". Não há, também, e pelas mesmas razões, personagens romanescos do "processo". Se existissem, esses personagens deveriam ser pensados como engendrados pelo único universo narrativo que poderia abrigá-los: a máquina kafkiana ou* O processo[1] *kafkiano. No período histórico que vai de 1976 a 1983, mais que heróis, homens, ou relações subjetivas, o que deve ser narrado são dispositivos, sistemas, hierarquias infinitas, máquinas. Gosto de pensar que, com seu encerramento carcerário,* O beijo da mulher aranha[2] *aproxima-se bastante da síntese da inscrição humana desse mundo (e talvez* demasiado humana, *se fosse verdade que o impossível de representar, e ao mesmo tempo o essencial, consiste numa máquina). Apesar de que a exclusão, a anulação e o encerramento pressuporem a inscrição corporal das máquinas repressivas, carcerárias, policiais, judiciais,* O beijo da mulher aranha *conecta-se com uma fase prematura e até certo ponto legal da repressão militar argentina (recordemos que a prisão dessa novela não é um campo clandestino de prisioneiros). Digo isto porque* Villa, *o romance de Luis Gusmán, também vai ao ovo da serpente, aos contornos ou princípios desse mundo repressivo, mas a lei em* Villa *já está prematuramente mesclada, acobertada pelas dobras de ilegalidade que ela mesma traça e que*

1) KAFKA, Franz. *O processo*. São Paulo, Cia das Letras, 1997.
2) PUIG, Manuel. *O beijo da mulher aranha*. Rio de Janeiro, Rocco, 1980.

simultaneamente a afirmam e a burlam em segredo. A ilegalidade interior da lei. Em contrapartida, a representação da lei em Puig (a lei masculina, paterna e repressora) não tem vazios nem misturas, só transgressores que podem pactuar com seus agentes sem abalá-la porque é demasiado densa naquilo que delimita; na prisão tudo é lei e, por isso, Valentín e Molina (o guerrilheiro e o homossexual) alcançam o status *de heróis. Haveria outro modo de conceber o aparato jurídico e sua mistura com a política, com o aparato militar ou com a burocracia. Consistiria em dizer: a lei constitutivamente vive de suas próprias contaminações, vive e morre contaminando-se. Como em* Villa, *de Luis Gusmán.*

Não é exagero ler em Villa *as engrenagens de uma máquina anônima, hierárquica, auto-suficiente, que atravessa outras maquinarias institucionais (o exército, a polícia, a justiça, a política). A chamamos de "máquina burocrática" para nos aproximar e aproximar o romance de Gusmán de um modo de inteligibilidade maquínica que insiste ou impõe-se nos vocabulários e nas narrações que hoje tratam de interpretar intrincados complexos culturais e históricos. Porque aquilo que se deve narrar, aquilo que certa narrativa e também certa crítica querem fazer inteligível por meio do relato, são* processos *cuja compreensão exige voltar a pensar no estatuto da subjetividade, sua formação, seu jogo, e também, ou correlativamente, voltar a narrar o jogo histórico das instituições em relação aos sujeitos. Mais que a coerência teórica de um conceito, deve-se ver neste vocabulário maquínico um desejo ou uma vontade de dar conta de todos os fios insuspeitados e anônimos que tecem a história. E se tivéssemos que justificar o rótulo "máquina burocrática" — afinal quase do senso comum ou da fala corrente — através do mundo literário que Gusmán nos propõe, poderíamos citar seu recente* corpus *crítico, o de* La ficción calculada[3], *onde o interesse por Kafka persiste junto a uma interpretação jurídica de* Carta ao pai[4], *o que converte a análise numa verdadeira máquina*

3) GUSMÁN, Luis. *La ficción calculada*. Buenos Aires, Norma, 1998. Cf. especialmente os artigos da seção "Kafkas".

4) KAFKA, Franz. *Carta ao pai*. São Paulo, Cia das Letras, 1997.

jurídica e retórica a instâncias do próprio Kafka, que sugeriu essa perspectiva de leitura.

Poder-se-á advertir a matriz deleuziana desta apresentação, mas deve-se advertir também que a narrativa e a crítica argentinas tratam, já há alguns anos, de apreender os processos culturais como máquinas, o que, implicitamente, leva-as a redefinir a ação dos sujeitos e o próprio conceito de "sujeito" da (ou frente a) cultura e das instituições. Não analisarei aqui as causas nem os matizes dessa insistente metáfora maquínica, e sim contentar-me-ei em assinalar, a título de exemplo crucial ou probatório, a presença da "máquina macedoniana" em A cidade ausente[5] *de Ricardo Piglia, e nos três ensaios que Beatriz Sarlo intitulou* La máquina cultural[6]*. Em* Villa, *Luis Gusmán não nomeia nem teoriza as máquinas, mas sim, felizmente, narra-as. Não são nele um conceito, nem uma noção, nem um esquema: são vistas ao gerar a opacidade irredutível do personagem masculino Villa. Pelo contrário, encontraremos no romance o uso da palavra "mundo", "mundos". E, precisamente, o que se entende por máquina nestas concepções narrativas e críticas recentes é uma* produção*: a máquina produz um mundo, produz mundos (narrativos, culturais, repressivos).*

Se o romance Villa *caracteriza seu modo de representação através de "mundos" separados, transpostos e intransponíveis, relativamente auto-suficientes e em necessária comunicação ou interpenetração mútua, é preciso perguntar-se como se desloca o mundo literário já constituído de Gusmán para esses outros mundos históricos gerados pela máquina burocrática, estatal ou política. Como se a pergunta a que o romancista teve que responder com a sua escritura — sem a correlativa necessidade de tê-la formulado — coubesse nos termos de um encontro: "como é que um mundo literário, o de Gusmán, encontra-se com a história, com a realidade histórica vivida? O que cede, o que toma e o que transforma nesse encontro? Porque, se* En

5) PIGLIA, Ricardo. *A cidade ausente*. São Paulo, Iluminuras. 1997.
6) SARLO, Beatriz. *La máquina cultural*. Buenos Aires, Airel, 1998.

el corazón de junio[7] *a história era um código a ser decifrado, uma irrupção enigmática, um piscar de olhos do contexto que abria e selava o hermetismo narrativo,* Villa *absorve os grossos e miúdos traços da história política; não só os exibe, encarrega-se deles. Nesse encontro, o mundo literário de Gusmán não abandona suas obsessões, seus tópicos (os gêmeos, o cadáver, certas geografias ou topografias suburbanas), mas os abre ao que sempre esteve ali e que exige agora um modo narrativo particular, uma síntese do encontro.*

Creio que foi capital para o mundo (ou os mundos) de Villa *a construção de uma* perspectiva. *Porque os mundos produzem perspectivas, os mundos combatem-se entre si por meio de perspectivas. A narrativa na primeira pessoa do médico Villa instala uma perspectiva, mas devemos reconhecer que, ao mesmo tempo, toda perspectiva é uma tentativa de sujeitar o múltiplo, ou de amoldar as heterogeneidades das quais ela mesma é formada. A forma saliente de uma perspectiva reside na distância ou distâncias múltiplas que evoca, nessa espécie de não-coincidência com aquilo que narra e também consigo mesma. Ao comentar sua trajetória narrativa, Gusmán parece inserir essa distância na escritura, voluntariamente distanciada do que ele chama "referente": essa distância com respeito à referencialidade, à mimese ou à "crônica pontual" serve para definir a intenção de sua trajetória literária até a autobiografia* La rueda de Virgilio[8]. *Logo se produziria uma virada na qual estariam envolvidas tanto a autobiografia quanto a história, e que se condensaria no seu romance* Villa. *Trata-se, em síntese, de duas dimensões às quais a narrativa de Gusmán abre-se a partir daqui: a história e, conseqüentemente, a dimensão ética que supõe o tratamento do material histórico. Luis Gusmán diz numa entrevista:* "Nós nos defrontamos com problemas até o fim do Processo, por volta de 83. Até esse momento, cada um escrevia como podia, nas entrelinhas, com alegorias ou como Soriano dentro de um gênero. Ao abrir-se o processo democrático, você se defronta com outros problemas: como

7) GUSMÁN, Luis. *En el corazón de junio*. Buenos Aires, Sudamericana, 1983.
8) GUSMÁN, Luis. *La rueda de Virgilio*. Buenos Aires, Conjetural, 1989.

contar a história política sem cair numa espécie de crônica pontual?"[9]. *Por isso, Borges lhe ensina a não perder de vista a dimensão ética ou o mundo problemático dos valores na narrativa:* "Existe algo em Borges que foi descuidado na literatura argentina e é que ele permitia-se falar em bons termos dos sentimentos ou dos valores (a coragem, a covardia)"[10]. *A dimensão ética ("os bons termos" em que uma narrativa entende-se com o mundo dos valores) depende acima de tudo da perspectiva, da distância.*

E é fácil constatar que boa parte da distância ética provém da ironia. A construção da perspectiva em Villa tem um caráter irônico: é um personagem que não suporta a relatividade das perspectivas, submete-se a apenas uma, ou quer que exista apenas uma, potente, segura, tranqüilizadora à qual se submeter (quer seja a máquina administrativa ou a subjetividade do amo). No romance, Villa confessa sua perplexidade: "Diferentes pontos de vista que eu ignorava totalmente. Aí percebi que Villa era só um ponto de vista" *(p. 78).*

Para essa construção da perspectiva (ou personagem), a cultura lhe oferece alguns materiais que chamaremos de sedimentos. *E em todo* sedimento *existe já o embrião de uma distância, a ponta de um fio que a distância já começou a fabricar. Em primeiro lugar, e para o que foi construído como "narrador" ou como "médico Villa", o material consiste no sedimento ou na lembrança de uma zona ou de um tempo em que todos participavam de uma estrutura de* secundaridade *(com* sedimento *quero dizer que não pertence tanto ao período histórico que Gusmán escolheu — o auge do ministro López Rega, sua queda e os primeiros momentos da ditadura militar —, e sim que o traço de secundaridade é uma elaboração cultural posterior, um* sedimento cultural *que permite reconhecê-lo em momentos anteriores, ou quando não se percebia como constituinte essencial do mundo). O mundo de Villa — como nos narra Gusmán — sempre foi o da secundaridade, o do* escravo, *mas, sem dúvida, a estrutura histórica argentina que*

9) "E hombre de los gansos", reportagem de Jorge Panesi na revista *Los Inrockuptibles* (a. III, n. 27, out. 1998, p. 32).
10) Idem, ibidem, p. 32.

mais se pareceu com uma espécie de amo absoluto *foi a ditadura iniciada em 1976, quando a maioria civil ficou submetida ao regime da secundaridade absoluta. É o que Villa chama "ser um mosca", e define assim:* "Um mosca é aquele que revoluteia ao redor de um figurão. Se for um ídolo, melhor" *(p. 21). A secundaridade é uma servidão tranqüilizadora, uma busca teológica do seguro e do inamovível, salvo que a máquina desloca-se sempre, recompõe-se e desfaz-se ao mesmo tempo no ir-e-vir de um movimento que tem como meta ilusória a eternidade aparente de uma fixação. A máquina revela-se pelo excedente, pelo resíduo que produz, neste caso, a fixidez fantasmática do cadáver.*

A ironia está encravada no coração do que é narrado, no espaço político-administrativo de um ministério que é o da saúde pública, ou do bem-estar público, o ministério de López Rega, o Ministério do Bem-estar Social: nesse território administrativo se assenta a máquina burocrática com sua contrapartida de morte. Villa escolheu como amo um funcionário-sacerdote da máquina, o doutor Firpo, médico caído em desgraça por defender estruturas administrativas neutras frente à irrupção da maquinaria política lopezrresguista e peronista. No chefe Firpo se cruzam vários mundos, mas todos são regidos pelas diferentes formas da dependência *que encontramos muito bem implícitas em certa maneira de falar, como quando nos referimos com pesado linguajar hierárquico aos edifícios públicos (*"nas dependências do ministério de..."*), mas que usamos também para a privacidade dos lares com certa hierarquia (*"dependências de serviço"*). Com efeito, amante inflexível da eficácia ministerial, Firpo, o médico-chefe, ama também a boa sociedade e os sobrenomes decentes, jacta-se dos grandes homens com os quais esbarrou em visitas oficiais (o general De Gaulle, o xá da Pérsia) e goza um tanto vicariamente da auréola oligárquica que lhe proporciona sua mulher, de cujo mundo depende como se fosse outro "mosca". Villa não deixa de notar em seu chefe essa dependência, ou, talvez, essa precipitação fascinada em direção ao outro:* "Todo esse mundo *[de Firpo]* era o mundo de Anita" *(p. 15). Ao morrer sua mulher, ou seja, seu mundo, o sustentáculo ou o amo do mundo, Firpo suicida-*

se depois de confessar que sem a sua esposa "o mundo carece de sentido" *(p. 71). A oligarquia própria ou alheia, a sua ou a de sua mulher, acrescenta uma nova dimensão à "dependência" do personagem Firpo, e o faz através da memória de um* sedimento cultural, *ou talvez a memória de um contexto político: na década de setenta, o mundo de Firpo teria sido rotulado como "dependência cultural e econômica", esse estigma que era impingido aos liberais. O romance de Gusmán é saturado de relações de hierarquia e dependência, portanto, o amo de Villa, o amo que Villa ama, é tão dependente e secundário quanto ele. E é tão dependente do brilho dos grandes personagens quanto Villa o é da sua aura: se um "mosca" é definido por revolutear ao redor de um "ídolo", Firpo, no sistema de dependências infinitas, é também um "mosca". Ser mosca é, na verdade, uma produção do sistema ou da máquina. Todos compartilham o credo, e todos o reproduzem. Mosca do sistema, Firpo suicida-se em seu escritório, escolhe morrer no mundo oficial ao qual serviu, um mundo que exige o tributo da morte e do desaparecimento antecipado. Secundaridade absoluta.*

Há um duplo regime de subjetividades neste romance: por um lado, o apego carismático a um superior ao qual se segue religiosamente, como Villa a seu chefe; e, pelo outro, o regime de intercambiabilidade funcional dos sujeitos na estrutura. Esse jogo duplo é também um jogo de linguagem (o público / o privado) que age no romance Villa *como uma máquina anônima, por um lado, e depois mediante indivíduos concretos que se relacionam sob a estrutura. Ambos os regimes entrecruzam-se e reforçam-se mutuamente. O resultado é um sentimento de indefensabilidade e de imobilidade que Villa expressa assim:* "como os antigos, estamos nas mãos dos deuses" *(p. 164). Não resulta estranho que quem mais predique o ascetismo funcional e profissional do mundo médico-burocrático seja ao mesmo tempo um ser religioso (alguém afirma sobre Firpo:* "era muito religioso", *p. 165). A eficiência administrativa, seu obstinado cálculo exibe sua aliança com a teologia, com aquelas alturas que o romance convoca várias vezes através dos vôos, ou com o espaço religioso mais elevado a partir do qual tudo é percebido como mundo secundário.*

A máquina burocrática, por sua vez, necessita de um desejo e o produz: o desejo de burocracia ou de ordenada administração do mundo. Mais espandido e atuante do que parece, o desejo administrativo confunde-se ou sobrepõe-se com um desejo de dependência: quer-se depender da estrutura e ama-se a mesma, ela é gozada no farrapo de poder que proporciona, nesse cálculo onipotente que fez do mundo uma quadrícula previsível.

A máquina burocrática produz um mundo de hierarquias. Na máquina burocrática de Villa *(e em qualquer outra), a cadeia de hierarquias é percebida como infinita, assim como a dependência é também infinita. A ironia do personagem Villa consiste em que nunca pôde impor ou fazer com que sua hierarquia fosse reconhecida:* "Como um chofer se atrevia a falar assim comigo? E as hierarquias? É preciso fazer com que sejam respeitadas, e eu não podia" *(p. 59). No tributo amoroso ao domínio, na submissão absoluta de Villa, seu poder, sua própria hierarquia desaparece:* "Como em outras vezes na minha história, as hierarquias tinham se perdido entre nós. Antes éramos o doutor e a enfermeira, agora, simplesmente, marido e mulher" *(p. 97). O romance insiste nas significações que se referem a estar acima ou abaixo, à altura ou à queda, os vôos de avião, o voar das moscas ou o voar das águias. O que é inconcebível e intolerável para Villa é a anulação das hierarquias, a supressão do acima e do abaixo e, por isso, no momento em que as classes burocráticas nivelam-se pela interação concreta das intersubjetividades, Villa carece de sustentação e apaga-se, desmaia, aniquila-se. O apagar-se inscreve-se no seu corpo como desvanecimento, como anulação ou desaparição: a única vez em que seu chefe Firpo trata-o como a um igual o resultado é a vertigem:* *(*"Senti uma vertigem e comecei a ficar enjoado. Pensei que fosse cair", *p. 13).*

O movimento de "estar acima" ou "estar abaixo" tem uma forma circular, gira como uma caprichosa roda da fortuna. Muitos personagens voltam do passado de Villa e entram no mundo ministerial com o signo do acima ou abaixo invertidos: um chefe de polícia que o surrou reaparece como chofer e subordinado, o boxeador peso-mosca Pascual Pérez deixa de ser um ídolo para se transformar num simples "mosca" ascensorista, e, finalmente, a namorada de juventude de Villa é pega como guerrilheira e vítima dos bandos repressivos do ministério. A sorte ou o destino, a roda da fortuna que eleva, decapita e destrona é uma representação popular da obscura justiça do tempo, um olhar cego que dota a cegueira e o sem-sentido, com que se contempla a história, com os atributos resignados de uma ordem implacável e não totalmente catártica. Se o que Villa procura é a segurança de um mundo, a máquina burocrática, ao contrário, torna transparentes as conexões que mantém com o acaso, as mesmas que ele já havia descoberto sendo mosca em um salão de jogos: a sorte depende da sorte do amo e esta também é variável. No mundo hierárquico (no mundo cotidiano que a repressão militar conseguiu impor na Argentina), a secundaridade essencial dos sujeitos transforma o mundo em acaso, na trama urdida por outros que só devolvem ao espelho do olhar a anônima ameaça do medo.

Gusmán narra aquele momento em que a máquina militar (o golpe militar) acopla-se à máquina burocrática. Novamente encontramos um movimento circular, uma recursividade, uma volta, ou a fusão predestinada de duas máquinas análogas: o coronel interventor do ministério acaba sendo o mesmo que havia feito o mosca Villa "zumbir" em sua época de serviço militar. O princípio que rege ambos os mundos é o mesmo: "O importante, doutor — *diz o coronel a Villa* —, é o funcionamento, não as pessoas" *(p. 158). Ordens e hierarquias. Mas, se a máquina gera tanto as ordens quanto o medo que faz com que sejam cumpridas, o medo tem um efeito indesejado, uma incerteza sistemática, um momento capital de indeterminação: o sujeito nunca estará seguro de cumpri-las ou de saber cumpri-las (*"Não era que não quisesse cumprir ordens, o que me desesperava era não saber cumpri-las"*, p. 144). Dito nas palavras do sistema, do sistema militar e do coronel que o representa: o medo é a própria ambigüidade, um fator incontrolável (*"O medo é paradoxal: é a melhor metodologia em alguns casos, mas, ao mesmo tempo, escapa a toda metodologia. Um homem com medo é como uma granada prestes a explodir”, *p. 169). Para Villa, a ambigüidade das ordens e das situações o transtornam, dão medo; nesse sentido, nunca encontrará segurança, porque a máquina não deixa de produzir ambigüidades. Segundo a sua confissão, “[o ministério]* já não era um lugar seguro” *(p. 66).*

O que define Villa, seu traço determinante, é o medo. É permeado e constituído pelo medo. É o mesmo medo que nos atravessa como testemunhas históricas, e é também o mesmo sentimento inarticulável que nos surge quando queremos evocar o vivido durante os anos setenta. E, se é verdade que Gusmán construiu seu personagem com o que chamamos de sedimentos culturais, *creio que foi além: através do medo de Villa, quis traçar uma genealogia do medo na Argentina.*

A guerra, ao incorporar-se como máquina de morte à burocracia ministerial, mostra o caráter mortífero da maquinaria burocrática. A economia do cadáver, a transação que transtroca e falseia a identidade do cadáver, é outro sedimento *aferrado ao modo de pensarmos o saldo daqueles anos. O uso do* sedimento *cultural determina que no mundo de Villa abundem os velórios, as cerimônias fúnebres, o transporte, a manipulação burocrática e o desaparecimento de corpos, de cadáveres. O inominável não poderia ser narrado, mas a poesia, sim, pode acolher o horror quando recorda seu passado de ladainha: por isso, o inominável que o romance* Villa *entretanto narra, cabe inteiro na litania impessoal e fúnebre de Néstor Perlongher (*“Hay cadáveres”[11]*). A máquina desloca esse fundamento cultural da memória: a necessidade pública e privada que os grupos humanos, no jogo das suas identidades e no suceder-se das gerações, outorgaram aos ritos funerários, à certeza cerimonial dos enterros.* Cuerpo velado[12], corpos velados, *mas não pelo mistério ou pela verdade, mas pela manipulação da máquina. Subtrair o fio cultural de um cadáver, quebrar a sua frágil identidade é alterar, lesar e*

11) Publicado em PERLONGHER, Néstor. *Lamê*, Josely Vianna Baptista (trad.). Campinas, Editora da Unicamp, 1994.

12) Referência a GUSMÁN, Luis. *Cuerpo velado*. Buenos Aires, Sudamericana, 1978.

enfermar a memória, aquilo em que uma cultura funda-se e reconhece-se. A memória de Villa é fúnebre e está povoada de cadáveres: no plano histórico ou coletivo, a evocação do velório de Evita, a agonia e a exposição pública do corpo de Perón, mas também no contorno subjetivo do médico Villa, será encontrada, sobretudo, na peregrinação íntima a um túmulo anônimo, incerto, indiferente. Villa procura o túmulo de sua ex-namorada, a guerrilheira que fez morrer, talvez piedosamente, para subtraí-la da mesma máquina repressiva que o usa como médico nas sessões de tortura. Gusmán construiu Villa sob o signo da dobra e, no plano geral do relato, sua posição constitui sempre uma ironia. Executor de sua ex-namorada, também é o sacerdote que preside uma cerimônia de reparação fúnebre que a arranca do anonimato e da confusão onomástica. A presença de Villa ou a invocação à morta (seu discurso resvala para a segunda pessoa, para uma espécie de vocativo que não está longe da ladainha) devolvem ao outro sua dimensão irredutível, seu lugar preciso que só pode ser adquirido no reconhecimento.

Villa é uma testemunha e corroborador da morte, e preside como arauto burocrático da morte. Onipresença do cadáver. Junto aos sedimentos culturais, na construção romanesca de Gusmán parece haver atuado um momento de reflexão foucaultiana que se precipita mediante uma citação de Bichat: "a doença era uma guerra contra o organismo" *(p. 15). A citação foi colocada nos lábios de um militar, o general De Gaulle. Analogia evidente: a medicina e a máquina militar lidam com cadáveres, ou, como diz o coronel interventor,* "ambos lidamos com organismos" *(p. 146). Desse modo, Gusmán conecta uma concepção militar da sociedade civil com aquela sustentada pelos positivistas: o corpo social como possível corpo doente que é preciso curar. A conexão revela a persistência estratégica da metáfora orgânica e sua conversão literal.*

Concluamos: dentre todos os sedimentos *que intervêm na construção do personagem Villa, talvez o mais importante seja o da memória. Não é necessário explicar o porquê: os genocídios instalam na cultura o problema do esquecimento e da memória. Então, se*

Gusmán outorga a seu personagem o dom da memória, se lhe doa a memória, é para dizer-nos que Villa não é um personagem, ou que é mais que um personagem. Villa é *a memória. Ou o tributo que Gusmán brinda à memória. Algumas pistas ajudarão a compreendê-lo: sobretudo, a sistemática auto-negação de sua capacidade como médico, salvo no momento em que se declara* "um médico da memória" *(p. 67) (ou seja,* feito *por ou para a memória, aquele que só pode curar a memória). Em segundo lugar, encontramos um único traço que Villa reconhece como* verdadeiro *sobre o seu ser médico:* "letra de médico, a única coisa que Villa tem de médico" *(p. 161). E, finalmente, a escritura ou a narração contida num relatório: o burocrata Villa, esse ser de escritura ou somente de letra, escreve (como bom burocrata) um relatório no qual denuncia as atrocidades das quais participou. Relatório que será adequado e alterado de acordo com os amos futuros. Como se Gusmán dissesse: os arquivos da história sempre estão adulterados, ou podem ser destruídos. Conservem-se ou desapareçam: a literatura será sempre o outro arquivo.*

CRONOLOGIA POLÍTICA
(1970-1983)

Ana Cecília Olmos
da Universidade de São Paulo

A Argentina entra na década de 70 sob a ditadura militar que em 1966 derrubou o governo constitucional de Arturo Illia. Poucos anos depois, o governo do general Juan Carlos Onganía encontrava resistências populares em fervorosas lutas de operários e estudantes; lutas que tiveram sua mais significativa expressão na insurreição que protagonizou a cidade de Córdoba em 1969. Conhecida como o *Cordobazo*, essa mobilização — que também respondia ao clima insurgente da época — implicou na decretação do Estado de Sítio por parte do governo autoritário e, como contrapartida, no surgimento de organizações guerrilheiras e numa reivindicação generalizada da sociedade pelo retorno das garantias constitucionais.

1970

janeiro: a organização guerrilheira *Forças Armadas Peronistas* (FAP) faz sua aparição na cena social tomando um bairro carente e distribuindo brinquedos.

abril: as FAP dominam um posto da Prefeitura Naval e roubam armamentos; realiza-se uma greve geral.

maio: o grupo guerrilheiro *Montoneros*, também peronistas, aparece na cena social com o seqüestro e posterior assassinato do general Pedro E. Aramburu (ex-presidente do governo militar que derrubou Perón da segunda presidência constitucional, em1955).

junho: decreta-se a pena de morte para os que participarem de atos terroristas; Onganía é destituído pelos altos comandos militares; o general Roberto M. Levingston assume a presidência.

julho: organiza-se o *Exército Revolucionário do Povo* (ERP), de origem trotskista, como braço armado do *Partido Revolucionário dos Trabalhadores* (PRT); registram-se vários atentados no país; José I. Rucci é nomeado secretário-geral da CGT, com a aprovação de Juan D. Perón, exilado na Espanha.

setembro: registram-se vinte e três atentados a bomba por ocasião de um novo aniversário do golpe militar de 1955.

dezembro: seis partidos políticos (entre eles os mais representativos, o *Partido Justicialista*, peronista, e a *Unión Cívica Radical*) assinam um documento conhecido como *La hora del pueblo*, no qual se comprometem a organizar uma aliança política que viabilize o retorno às práticas democráticas; um novo grupo guerrilheiro, as *Forças Armadas Revolucionárias* (FAR), aparece na cena social realizando um assalto a banco.

1971

março: nova mobilização social na cidade de Córdoba, conhecida como o *Viborazo*, provoca a renúncia do governador e desata uma crise que leva a substituição do presidente Levingston pelo general Alejandro Lanusse; o novo presidente lança o *Gran Acuerdo Nacional* (GAN), no qual o governo compromete-se a acabar com quase duas décadas de proscrição do peronismo se o líder desta força política indicar para a candidatura do seu partido uma figura aceitável aos olhos militares; o coronel Cornicelli, representante dos militares, e Jorge E. Paladino, delegado de Perón, são os encarregados de conduzir essas negociações.

abril: levanta-se a proscrição dos partidos políticos, com exceção do peronista.

maio: o ERP seqüestra o cônsul britânico Stanley Sylvester, que será libertado nove dias depois.

junho: sanciona-se a Lei de Repressão ao Terrorismo.

julho: promulga-se a Lei Orgânica dos Partidos Políticos.

agosto: a aliança *La hora del pueblo* reúne-se com o presidente Lanusse.

setembro: os restos de Eva Perón são devolvidos a Perón; Lanusse anuncia o calendário eleitoral que prevê as eleições gerais para o mês de março de 1973.

novembro: Perón substitui Paladino por Héctor J. Cámpora como seu representante no país, investindo-o de plenos poderes para realizar as negociações que tornem possível seu retorno; poucos meses depois, Perón é reintegrado ao registro eleitoral.

1972

março: o ERP seqüestra a Oberdan Salustro, diretor geral da Fiat; em abril, é encontrado sem vida após um confronto armado entre os seqüestradores e a polícia.

agosto: são assassinados dezesseis ativistas peronistas e de esquerda presos em Trelew; segundo a versão oficial, os mortos teriam tentado fugir.

novembro: primeiro retorno de Perón ao país depois de dezessete anos de exílio; permanece um mês e volta para Madri.

dezembro: organiza-se a *Frente Justicialista de Liberación* (FREJULI), que, liderada pelo peronismo, lança a chapa presidencial: Cámpora/ Solano Lima; nessa ocasião, Perón entrega a direção do partido a Juan Manuel Abal Medina, dirigente ligado à esquerda do movimento peronista e aos *Montoneros*.

1973

março: realizam-se eleições gerais; vitória da chapa Cámpora/Solano Lima.

maio: Cámpora assume a presidência e poucos dias depois assina a anistia dos presos políticos; José López Rega, secretário particular de Perón, é designado ministro do Bem-estar Social.

junho: retorno definitivo de Perón ao país; uma multidão espera a chegada do líder no Aeroporto Internacional de Ezeiza, onde ocorre um confronto armado entre setores da esquerda peronista e da direita do partido, estes últimos sob o comando de López Rega; conhecido como o Massacre de Ezeiza, esse confronto teve um saldo aproximado de duzentos mortos e inúmeros feridos; o avião em que viajava Perón desviou para o Aeroporto Militar de Morón; no dia seguinte, o líder pronuncia um discurso omitindo os violentos acontecimentos, marcando, assim, seu primeiro distanciamento da esquerda do movimento peronista.

julho: Cámpora e Solano Lima renunciam à presidência e vice-presidência; provisoriamente, assume o poder Raúl Lastiri, presidente da Câmara dos Deputados, nome ligado à figura e à política de López Rega; Lastiri convoca nova eleição presidencial.

setembro: vitória eleitoral da chapa Juan D. Perón/ María Estela Martínez de Perón; o dirigente da CGT, José I. Rucci, é assassinado sem que ninguém assuma o ato terrorista; o ERP é declarado ilegal.

outubro: Perón assume sua terceira presidência

1974

maio: uma multidão comparece à Praça de Mayo para comemorar o Dia do Trabalho; nesse ato, Perón expulsa os *Montoneros* da Praça, tratando-os de "imberbes e estúpidos"; o distanciamento do líder e da esquerda já é definitivo.

junho: Perón adoece e delega suas atribuições políticas a María Estela M. de Perón, com o conseqüente crescimento do poder político de López Rega.

julho: Perón morre; sua esposa assume a presidência; López Rega, seu assessor, põe em funcionamento a organização paramilitar *Alianza Argentina Anticomunista*, conhecida como "Triple A".

setembro: a "Triple A" ameaça de morte intelectuais e artistas provocando numerosos exílios; os *Montoneros* passam à clandestinidade e seqüestram os empresários Juan e Jorge Born.

novembro: decreta-se o Estado de Sítio; censuram-se os jornais, a televisão e o rádio, cerceando a liberdade de expressão.

1975

fevereiro: o governo e o exército iniciam a *Operación Independencia* contra a guerrilha.

maio: o ministro da Economia, Gómez Morales, renuncia argumentando falta de apoio do governo; no seu lugar, assume Celestino Rodrigo, nome ligado ao grupo de López Rega.

junho: o novo ministro executa um plano econômico de impacto que, conhecido como o *Rodrigazo*, quer estabilizar a economia do país, mas acaba provocando a alta da inflação.

julho: a CGT organiza uma greve geral de 48 horas como protesto contra o plano econômico e a política trabalhista do governo; Rodrigo e López Rega renunciam aos respectivos ministérios de Economia e Bem-estar Social; López Rega sai clandestinamente do país.

setembro: a presidente pede licença por motivos de saúde; assume Italo Argentino Luder, presidente do Senado.

outubro: a presidente assume novamente o governo com a decisão de "aniquilar" a subversão.

dezembro: o ERP ataca o Batalhão de Monte Chingolo, em Buenos Aires, mas é violentamente reprimido pelos militares que já conheciam o plano.

1976

março: As Forças Armadas prendem María Estela M. de Perón; inicia-se assim a última ditadura militar que, sob o comando do general Jorge Rafael Videla, promulga os estatutos do *Proceso de Reorganización Nacional*, pelo qual se proíbe toda atividade política e sindical; o direito de greve é suspenso, os partidos são dissolvidos, os sindicatos e as universidades são submetidas a interveção; uma política repressiva organizada e executada sistematicamente pelo Estado promove inumeráveis seqüestros e assassinatos; circulam "listas negras" com nomes de escritores, artistas e jornalistas proibidos nos meios de comunicação.

abril: o novo ministro de Economia, José Martínez de Hoz, apresenta um plano econômico de tendência liberal que busca reduzir o aparelho do Estado por meio de medidas que visam a abertura do mercado interno.

junho: decreta-se a pena de morte, mas as execuções são realizadas clandestinamente.

julho: cinco religiosos são assassinados enquanto dormiam numa paróquia, em Buenos Aires; o dirigente máximo do ERP, Mario Santucho, é morto numa operação militar.

setembro: estudantes das escolas secundárias da cidade de La Plata, que reclamaram preços especiais nos transportes públicos, são seqüestrados e assassinados por comandos militares; o episódio fica conhecido como *La noche de los lápices*.

1977

abril: é detido o diretor do jornal *La opinión*, Jacobo Timerman, mais tarde libertado, mas privado da cidadania argentina.

maio: começam os conflitos de fronteira com Chile; a primeira arbitragem é desfavorável à Argentina.

dezembro: as *Madres de Plaza de Mayo* (mães de desaparecidos em operações militares) realizam a primeira manifestação pública em frente à Casa Rosada, com enorme repercussão internacional.

1978

janeiro: o governo declara nula a arbitragem do conflito com o Chile pelo Canal de Beagle; aumenta a tensão com o país vizinho; a guerra apresenta-se como possibilidade para o governo militar.

julho: realiza-se, na Argentina, a Copa do Mundo de Futebol, do qual a Argentina sagra-se campeã mundial; o evento é usado pelo regime militar para legitimar o mesmo.

agosto: atentado de *Montoneros* à residência do general Lambruschini, em Buenos Aires.

dezembro: a diplomata Helena Holmberg é seqüestrada e encontrada morta no mês seguinte; as suspeitas caem sobre o governo; nesta época, as organizações guerrilheiras tinham sido aniquiladas pela repressão realizada pelo estado militar.

1979

janeiro: assina-se a Ata de Montevidéu, pela qual Argentina e Chile submetem o conflito de fronteira à arbitragem do papa João Paulo II.

abril: realiza-se uma greve geral convocada por tendêndias sindicais combativas; a manifestação acaba em violenta repressão policial.

setembro: chega ao país a Comissão Interamericana de Direitos Humanos (CIDH).

1980

abril: desvalorização de 30% da moeda, complicando ainda mais a situação econômica do país.

outubro: a economia encontra-se à beira do copalso; a dívida externa atinge altíssimos níveis; a cúpula militar decide substituir Videla pelo general Roberto M. Viola, iniciando, assim, uma série de aceleradas mudanças políticas, trazendo à tona as diferenças internas das Forças Armadas.

dezembro: reorganiza-se a CGT, com Saúl Ubaldini, peronista, como secretário-geral.

1981

março: o general Viola assume a presidência.

junho: a CGT convoca a uma greve geral; os manifestantes são reprimidos e vários dirigentes sindicais são presos.

julho: os principais partidos políticos, entre eles o *Partido Justicialista* e a *Unión Cívica Radical*, organizam a *Multipartidaria*, uma aliança destinada a trabalhar pela plena abertura política, sem condicionamentos militares.

setembro: morre Ricardo Balbín, líder da *Unión Cívica Radical*.

novembro: nova desvalorização da moeda; a CGT convoca para a paralização das atividades.
dezembro: a cúpula militar depõe Viola e decide substituí-lo pelo general Leopoldo F. Galtieri.

1982
março: a CGT organiza uma manifestação na Praça de Mayo; o governo reprime violentamente a multidão.
abril: as Forças Armadas ocupam as Ilhas Malvinas, dando início à guerra contra a Inglaterra, numa tentativa de recuperar o seu prestígio interno, exercendo uma política exterior forte.
junho: ainda em guerra, o papa João Paulo II realiza sua primeira visita oficial ao país em missão de paz; a Argentina apresenta sua rendição às tropas britânicas; Galtieri renuncia à presidência e é substituído pelo general Reynaldo Bignone.
julho: Bignone assume a presidência e organiza um calendário eleitoral visando a levar o país a abertura democrática.
setembro: realiza-se uma mobilização geral — a *Marcha pela Cidadania* —, que convoca sindicatos e organizações de defesa dos direitos humanos.
dezembro: a *Multipartidaria* organiza uma nova mobilização em defesa da democracia; ocorrem graves confrontos com a polícia.

1983
junho: autoriza-se o direito de greve como parte das medidas de liberalização política.
julho: a *Unión Cívica Radical* lança a chapa presidencial Alfonsín/ Martínez.
setembro: o *Partido Justicialista* lança a chapa presidencial Luder-Bittel.
outubro: fim do Estado de Sítio, vigente desde 1974; realizam-se as eleições gerais; vitória da *Unión Cívica Radical*; o peronismo sofre a sua primeira derrota eleitoral.
dezembro: Alfonsín assume a presidência, inaugurando um novo período democrático; sob a direção do escritor Ernesto Sábato, organiza-se a *Comissão Nacional sobre o Desaparecimento de Pessoas* (CONADEP), destinada a investigar os abusos perpetrados pelo terrorismo de Estado, e que terá como resultado o relatório *Nunca más!*.

DO MESMO AUTOR
NESTA EDITORA

O VIDRINHO

Este livro terminou de
ser impresso no dia
14 de setembro de 2001
nas oficinas da
Associação Palas Athena,
em São Paulo, São Paulo.